in einem fort

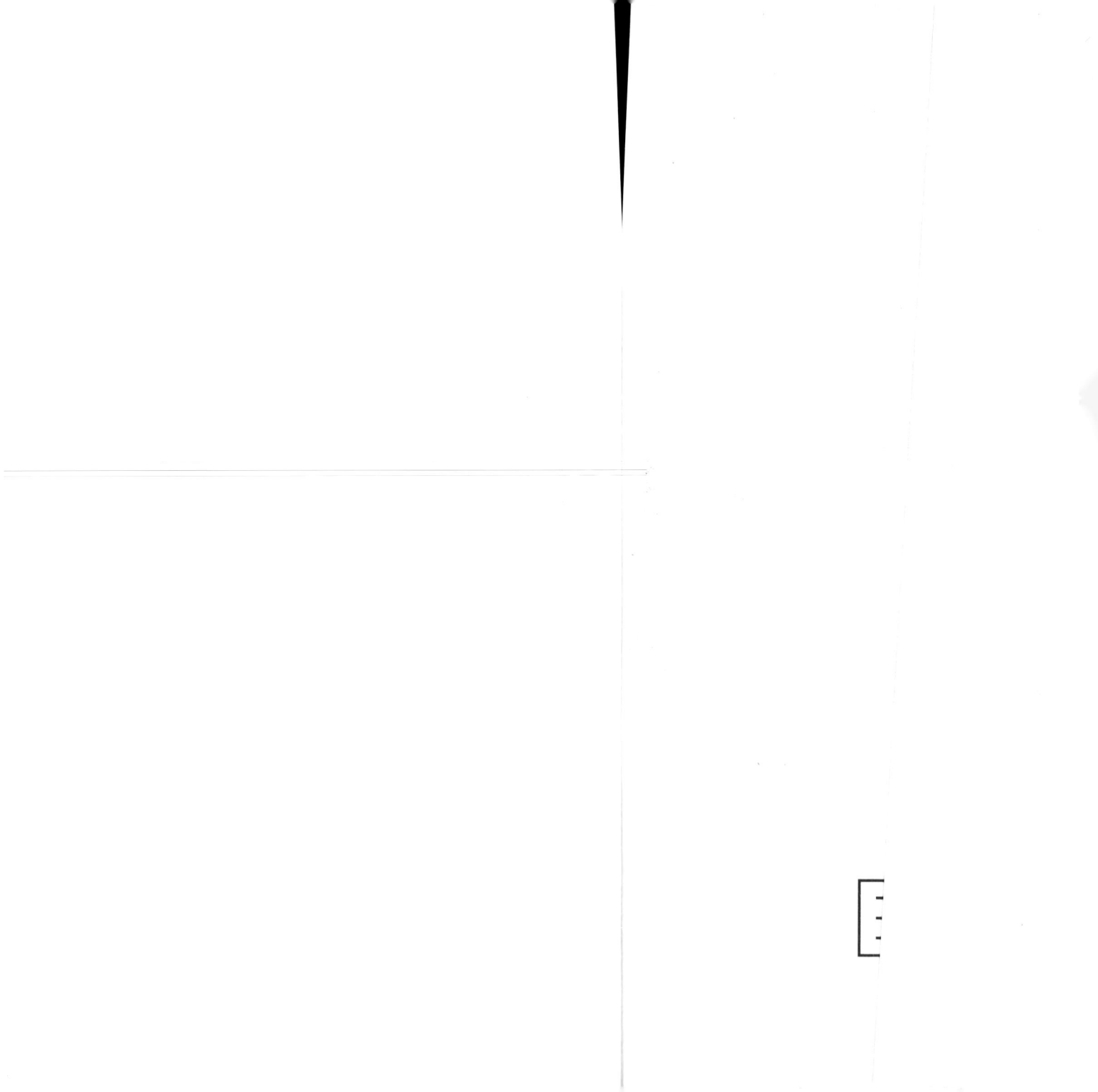

# Iris Hanika

## Tanzen auf Beton

Weiterer Bericht von der unendlichen Analyse

Literaturverlag Droschl

© Literaturverlag Droschl Graz – Wien 2012

Umschlag: Sonja Hennersdorf
unter Verwendung einer Raku-Keramik von Maria Strunk,
www. pferdekunstgalerie.de
Satz: AD
Druck: Theiss

ISBN 978-3-85420-799-3

www.droschl.com
Literaturverlag Droschl Stenggstraße 33 A-8043 Graz

# Inhaltsverzeichnis

The memory of all that –
No, no – they can't take that away from me

Ira Gershwin

# Die Ausgangslage: Blöd vor Glück

BESONDERS DEUTLICH zeigte sich das Glück an einem Klamottengrabbeltisch bei Peek & Cloppenburg, an dem ich alle Pullover, die darauf lagen, einzeln anfaßte und bei jedem einzelnen sagte: »das kauf' ich nicht«.

Das kauf' ich nicht!

Das kauf' ich nicht!

Das war ein Moment reinen Glücks.

Ich hatte vorher schon etwas gekauft, wofür ich am Ende nur halb so viel bezahlen mußte wie erwartet, denn ich konnte meine Miles-and-more-Punkte einlösen. Das freute mich doppelt: zum einen freute mich die Ersparnis, zum anderen freute es mich, diese Meilenpunkte, von denen ich mich schon länger fragte, wozu sie eigentlich gut sein sollen, endlich einmal verwertet zu haben. Mit dieser doppelten Freude war ich dabei, das Kaufhaus zu verlassen und konnte alle anderen Käufe ablehnen, und das auf im Wortsinn faßliche Weise. Ich war wie im Rausch, als ich in einem fort wiederholte: »Das kauf' ich nicht! Das kauf' ich nicht!«

*WENN ABER DAS VOLLENDETE KOMMT / VERGEHT ALLES STÜCKWERK,*
denn es kommt einmal ein Wolfgang, doch geht er bald wieder weg, um Platz zu schaffen für einen anderen Paul, der da kommt und der auch wieder weggeht, doch kommt darauf der erste Thomas zurück, und geht wieder weg. Und kommt wieder zurück und ist zurückgekehrt, um zu bleiben, und bleibt dann da, denn er ist ja der Michael, und es kann der Klaus nur einer sein, nur einer. Und so ist die erste Susanne auch die letzte, und war diese von Anfang an, war immer diese Eva, die da kommen sollte, auch wenn man das nie für möglich gehalten hätte, und ist die Sibylle to end all Heidemaries. Es reicht eine Bettina vollkommen, es braucht nicht mehr, nur diese einzig eine allein, nur diese. Sonst keinen. *Fly to your Rainer – fly Ryanair!*

12

Das Hotel in Schanghai war in einem achtzehnstöckigen Hochhaus untergebracht. Es lag direkt am Suzhou-Fluß, und hinten am Haus konnte man in einem verglasten Aufzug die vielen Stockwerke hinauf und hinunter fahren. Von dort ging der Blick aufs andere Ufer, auf eines der alten Viertel Schanghais, von denen nur wenige noch übrig waren. Die Häuser dort drüben waren in der Regel einstöckig, nur am Ufer stand ein einzelnes etwas neueres mit zwei Stockwerken.

Ich ging über die Brücke zum anderen Ufer des Suzhou-Flusses und sah, daß dieses das Viertel der Textilhändler war. Wenn man in die alten Häuser hineinschaute, sah man in ein Dunkel, und zwischen den Häusern führten kleine Gäßchen in ein Unwägbares fort. Die Hauptstraße, eine etwas breitere Gasse, war von rechts und links mit Kleiderständern zugestellt; der Weg hindurch war so schmal, daß man nicht zu zweit nebeneinander hätte gehen können. An den Kleiderständern hingen ausnahmslos häßliche Pullover, Jacken und Hosen aus Plastik in breiigen Farben und mit scheußlichen Mustern. Zwischen den Kleiderständern standen die Verkäufer, fast nur Frauen. Ich ging zwischen den vollgehängten Kleiderständern hindurch und näherte mich dem Lärm, der mir erst gar nicht aufgefallen war, der sich irgendwann ins Bewußtsein geschoben hatte und sich nun mit jedem Schritt ein bißchen mehr ins Bewußtsein schob, bis ich nicht mehr ziellos schlenderte, sondern ihm entgegenging, dem Lärm.

Ich kam nur langsam voran, es war so eng. Doch war diese Enge nicht bedrohlich, denn im fernen Asien tut einem keiner was, und Pullover, Jacken, Hosen sind weich, man kann sich nicht stoßen. Sehr lang ging dieser Weg. Mir schien, er wolle gar nicht enden, und während ich ihn ging, wurde es lauter und immer lauter. Schließlich öffneten sich die Häuser, und ich stand auf einem weiten Platz, der auf der gegenüberliegenden Seite von einem sehr großen, zum Abriß schon vorbereiteten Gebäude mit vergitterten Türen begrenzt wurde. Dieser Platz war die Quelle des Lärms. Er war gestopft voll mit Leuten, die brüllten. Die alle brüllten. Und der Lärm war so groß, daß er nicht mehr größer werden konnte, denn er wurde nur von Menschen erzeugt. Bei solchem Geräusch aber gibt es einen Punkt, Musiker wissen das, an dem die Lautheit nicht mehr zunehmen kann (und wenn noch hundert Sänger oder Instrumentalisten mehr auf der Bühne stünden: es wird nicht lauter). Überschreiten kann man diesen Punkt nur mit elektrischer Verstärkung.

Alle auf diesem Platz versammelten Personen brüllten gleichzeitig, und das war eigenartig schön. Denn in diesem großen Menschengebrüll gab es keine Schmerzensschreie, keine Wut, keinen Streit, nichts entfernt Unangenehmes, vielmehr war es ein reines Handelsgebrüll, das ein Lebensgebrüll ist, weil es die Entschlossenheit bezeugt, am Leben teilzunehmen, sich nicht unterkriegen zu lassen, weiterzukommen. Die Leute brüllten, um etwas zu verkaufen, wahrscheinlich brüllten auch die Käufer, die um den Preis feilschten. Es brüllten einfach alle. Es war da nichts mehr außer diesem Lärm, Lärm, dem Lärm der Menschenmasse auf diesem staubigen Platz. Dieses ungeheure Gebrüll war so groß wie die ganze Welt.

So einen Lärm hatte ich noch nie gehört. So einen Lärm, an dem keine Maschinen beteiligt waren und erst recht keine Lautsprecher, der nur von Menschen kam und den sie aus eigener Kraft und ohne jede Anleitung erzeugten. So einen Lärm, als hätte die Erde sich geöffnet und das blanke Leben freigelegt – das blanke Leben, das schwer ist und Kampf und in dem es durchaus darauf ankommt, wer lauter brüllen, wer besser auf sich aufmerksam machen kann, wer stärker ist.

Für mich, die ich kein Chinesisch verstehe, war dieser Lärm ganz rein. Er hatte keinerlei Sinn außer dem, daß es ihn gab.

Ich hörte nur den Menschenlärm, und er ging mir nicht ins Hirn, sondern in den Bauch.

Es war der schönste Lärm, den ich mir denken kann. Das akustische Äquivalent zum Eintauchen in die Menge, Versinken in der Masse, Rausch des Man-wird-gelebt. Es war auch dasselbe Glück wie das, das man im Konzertsaal erlebt, wenn die großen Symphonien gespielt werden, also ein Äquivalent zu Beethoven, Bruckner, Mahler, Schostakowitsch und zu manchen Stellen in Wagneropern.

Im Westen erlebt man das nicht mehr. Im Westen ist die Menge eher still, und der Menschenlärm wird fast immer von Maschinenlärm übertönt. Wenn doch einmal viele gleichzeitig brüllen, dann tun sie es unisono, als Zuschauer beim Sport oder bei anderen Massenvergnügungen. Das aber ist ein organisierter Menschenlärm und ein kalkulierter, er ist Teil der Veranstaltung. Nur ein einziges Mal habe ich es anders erlebt. An einem Vormittag im Dezember ging ich an einem kleinen Rummelplatz auf dem Schloßplatz vor dem Palast der Republik vorbei. Es hatte gerade eine Schulklasse ihre Fahrt in der Achterbahn begonnen, und in ihrer Angst und Lust schrien die Kinder alle gleichzeitig, als der Zug die erste Schräge hinuntersauste, von ganz oben nach ganz unten fuhr ein einziger Schrei. Wie nur Kinder schreien, es war mehr ein Kreischen. Das war auch das Leben und kam auch von ganz innen, denn die Kinder waren ja nicht zum Schreien hergekommen, sondern hatten vielmehr gar nicht gewußt, daß sie so würden schreien müssen.

AUSFLUG MIT FREUND L. An einem Mittwochabend spielte unsere Lieblingsband auf der Freilichtbühne neben der Zitadelle Spandau. Das traf sich gut, weil wir da vorher zu Ikea gehen konnten, was wir uns schon lange vorgenommen hatten. Nachdem wir unsere Sachen bezahlt und beide gar nicht so viel mehr gekauft hatten als geplant, saßen wir draußen vor der Tür in der Gartenmöbelausstellung und tranken den sehr schlechten Kaffee, den wir uns selbst gezapft hatten. Bei der Tresenkraft kauft man nämlich nur einen Pappbecher, und mit dem muß man zur Kaffeezapfmaschine gehen, um sich die Plörre selbst abzufüllen. Die Soziologen sprechen inzwischen vom arbeitenden Kunden; Ikea hat ihn erfunden.

An der Eingangstür stand »Danke, daß Sie hier nicht rauchen«, und ich war erstaunt darüber, daß Ikea sich der Rechtschreibreform verweigert, aber L gab zu bedenken, daß es diese Ikea-Filiale schon viel länger gebe als die Rechtschreibreform. Das war der entscheidende Hinweis. Dieser Dank war schon lange vor der Rechtschreibreform an die Tür geklebt worden, was auch daran zu erkennen war, daß man dabei gesiezt wird, während Ikea seine Kunden inzwischen duzt.

Das Komma war nachträglich eingefügt worden, es fehlte das Leerzeichen danach.

Als L mit der Kassiererin diskutierte, siezte er sie und sie ihn.

»Was hältst du eigentlich von Led Zeppelin?« fragte ich ihn (Jahrgang 1971), als wir draußen in der Gartenmöbelausstellung saßen und den sehr schlechten Kaffee tranken, wobei ich außerdem eine Zigarette rauchte, und er antwortete barsch, daß ihn Led Zeppelin überhaupt nicht interessiere, das sei Vorzeit und gehe ihn nichts an, und er würde ihre Musik auch überhaupt nicht kennen.

»Aber die zwei Hits kennst du bestimmt«, sagte ich.

»Welche sind das?« fragte er, »*Stairway to Heave*n kenne ich, was gibt es noch?«

»*Whole Lotta Love.*«
»*Whole Lotta Love?*«
»Ja«, sagte ich, »I wanna give you every inch of my love. All ten inches.«
»Ten inches, na ja«, sagte L und lachte.

Ich sagte ihm, daß ein Inch etwas über zweieinhalb Zentimeter lang sei, zeigte auch mit den Händen an, wie lang *ten inches* ungefähr sind.

»Oh«, sagte er, »na dann«, und hatte die Beine schon übereinander gefaltet, und wir kicherten beide noch eine ganze Weile vor uns hin.

Am nächsten Tag wollte ich das mit den *ten inches* überprüfen. Ich hatte *all ten inches* verstanden, als ich *Whole Lotta Love* einmal im Autoradio hörte, aber entweder hatte ich es mir eingebildet oder ich hatte eine Fassung gehört, die nur selten gespielt wird.

Ein Mann betreibt im Internet eine Seite mit der Überschrift »The First 100 % Accurate Transcription of Led Zeppelin's Lyrics« (http://www.angelfire.com/nm/zeppelin). Er gibt an, »Jahre der Forschung« auf die akkurate Transkription der Liedtexte von Led Zeppelin verwandt zu haben und in jedem einzelnen Fall erfolgreich gewesen zu sein.

Dies ist seine Transkription von *Whole Lotta Love*, die hier, dank *copy and paste*, in voller Länge wiedergegeben sei, damit es wissenschaftlich korrekt zugeht und um das Ausmaß des Schreckens zu verdeutlichen:

*You need coolin', baby, I'm not foolin'*
*I'm gonna send ya back to schoolin'*
*Way down inside, a-honey, you need it*
*I'm gonna give you my love*
*I'm gonna give you my love, oh*

*Wanna whole lotta love*
*Wanna whole lotta love*
*Wanna whole lotta love*
*Wanna whole lotta love*

*You've been learnin'*
*And baby, I been learnin'*
*All them good times*
*Baby, baby, I've been discernin'-a*
*A-way, way down inside*
*A-honey, you need-a*
*I'm gonna give you my love, ah*
*I'm gonna give you my love, ah*

*Oh, whole lotta love*
*Wanna whole lotta love*
*Wanna whole lotta love*
*Wanna whole lotta love*
*I don't want more*

*You've got to bleed on me, yeah*
*Ah, ah, ah, ah*
*Ah, hah, hah*
*Ah, ah, ah, ah, ah, ah, ah, ah, ah, ah, ah*
*ah, ah, ah,ah, ah, ah, ah, ah, ah, ah, ah, ah, ah*
*No, no, no, no, ah*
*Love, love, low-ow-ow-ow-ove*
*Oh, babe, oh*

*You've been coolin'*
*And baby, I've been droolin'*
*All the good times, baby, I've been misusin'-a (Oh)*
*A-way, way down inside*

*I'm gonna give ya my love (Ah)*
*I'm gonna give ya every inch of my love (Ah)*
*I'm gonna give you my love (Ah)*
*Yes, alright, let's go (Ah)*

*Wanna whole lotta love*
*Wanna whole lotta love*
*Wanna whole lotta love*
*Wanna whole lotta love*

*(Way down inside) Way down inside*
*(Way down inside, woman, you) woman*
*(woman, you) you need it*
*(need) Love*

*My, my, my, my*
*My, my, my, my (Ahh)*
*Oh, shake for me, girl*
*I wanna be your backdoor man-a*
*Hey, oh, hey, oh (Ahh)*
*Hey, oh, oooh*
*Oh, oh, oh, oh*
*Hoo-ma, ma, hey*
*Keep a-coolin', baby*
*A-keep a-coolin', baby*
*A-keep a-coolin', baby*
*Uh, keep a-coolin', baby, wuh, way-hoh, oo-ohh*

Was mich an dieser Transkription verstört, ist, daß ich beim Refrain immer »What a whole lotta love« verstanden hatte, während dieser Mann, der Chris Federico heißt, »Wanna whole lotta love« versteht. Die Übersetzungsmaschine macht daraus: »Wünschen Sie zur vollständigen lotta Liebe«. Ich dagegen würde »Möchte eine vollständige lotta Liebe« daraus machen, weil ich »I« dazudenken würde: I want a whole lot of love. Ich möchte eine volle Ladung Liebe. Weil ich immer »What a whole lotta love« verstanden hatte, hatte ich gedacht, diesem Stück wohne Ironie inne, und nur darum hatte ich als Gymnasiastin die geil krächzende, gräßliche Stimme, mit der diese krude Liebesabsichtserklärung vorgetragen wird, überhaupt aushalten können, wenigstens ansatzweise.

Ich habe mich darüber mit Freund K beraten (Jahrgang 1960), der mit Led Zeppelin fertigwurde, indem er einige ihrer Stücke bearbeitete. Seine Bearbeitung von *Whole Lotta Love* macht das Stück tatsächlich sehr erträglich, denn sie besteht hauptsächlich aus dem grandiosen Riff, mit dem das Stück beginnt *Badah dadah damm da-damm da-damm* nebst einem Ansatz von Gesang, so daß man immer *Badah dadah damm da-damm da-damm ma-ma* hört.

Um ganz sicherzugehen, habe ich mich beim Message board auf der Website Led-Zeppelin.com angemeldet und die Experten nach dem Text gefragt, aber keiner von ihnen hatte je etwas von *ten inches* gehört. So daß es nur Wunschdenken meinerseits war (oder Schunddenken), denn es hätte mir die Led-Zeppelin-Verdammung doch sehr viel einfacher gemacht, wenn von dieser Band Liebe nicht allein in Zoll gemessen, sondern mit der vorhandenen Menge von Zoll auch noch geprahlt worden wäre.

K schickte mir dann einen Link zu einer Aufnahme von *You Need Love*, auf dem *Whole Lotta Love* basiert, geschrieben von Willie Dixon, gesungen von Muddy Waters. Hier ist der Text, wie Muddy Waters ihn singt:

*You got yearnin' and I got burnin'*
*Baby, you look so whole, sweet and cunning*
*Baby, way down inside*
*Woman, you need love*
*Woman, you need love*
*You got to have some love*
*I want t' give you some love*
*I know you need love*
*You just gotta have love*
*You got to have some love*

*You make me feel so good*
*You make me feel alright*
*You make me feel so good, oh*
*You make me feel alright*
*You make me feel so good*
*You make me feel alright*

*You're so nice, you're so nice*
*You're so nice, you're so nice*
*You're so nice, you're so nice*
*You're so nice, you're so nice*

*You are frettin', and I am pittin'*
*Lot o' good thing-ho you ain't getting*
*Baby, way down inside,*
*Woman, you need love*
*I know, you need love*
*You [just gotta?] have some love*

*I ain't foolin', you need schoolin'*
*Baby, you know you need coolin'*
*Woman, way down inside*

*Woman, you need love*
*You got to have some love*
*Mmh …*
*You got to have some love*
*Mmh …*
*You got to have some love*

(Der Rest des Originaltextes von Willie Dixon, dessen Lieder öfter in anderen Interpretationen als seinen eigenen berühmt wurden, geht so: *You need to be hugged and squeezed real tight, / by the light of the moon on some summer night. / You need love and kissing too, / all these things are good for you.* Woher ich diese Transkription habe, weiß ich nicht mehr.)

Bei Muddy Waters hat das mit der Liebe ganz tief drinnen einen doppelten Sinn. Es hört sich alles leicht verboten an und ist darum sophisticated. Außerdem hat Muddy Waters eine wunderbar elegante Stimme und intoniert sehr klar. Bei Led Zeppelin hingegen ist alles ganz eindeutig und darum platt; da wird nicht metaphorisch gesprochen, sondern es bedeutet alles nur, was es bedeutet, und kein Gran mehr. Darum ist es so schwer erträglich.

Das hat mir K außerdem gemailt:

Ich habe mir die zwei [Led-Zeppelin-]Aufnahmen, die ich habe, noch einmal angehört. Auf der Live-Aufnahme höre ich *What* und *Wanna* im Wechsel. Auf der Remaster-Studio höre ich wanna. Die Sache mit all ten inches findet sich nicht im Text, wohl aber *I'm gonna give ya every inch of my love*. Ekelhaft genug!

Wenn ich heute den Text lese, dann hat sich an der Peinlichkeit nichts geändert, aber es gibt mehr, das ich als wenigstens ambivalent wahrnehmen kann. Die ganze penetrative Seite *(every inch of my love, I wanna be your backdoor man)* finde ich einerseits zum Kotzen, aber ich weiß nicht, ob da nicht von einer Geilheit geredet wird, die einfach Teil dessen ist, was Freud als Teil einer reifen männlichen Sexualität betrachten würde. Eine ähnliche Ambivalenz hat auch *You've got to bleed on me, yeah.* Das klingt wie ein Musterbeispiel aus Theweleits »Frauen, Fluten, Körper«, und es ist offen, ob es um menstruelles Blut oder solches aus Verletzung geht. Wenn es aber um ersteres geht, dann ist bemerkenswert, daß gerade das Blut gegenwärtig ist, dessen Abwesenheit geradezu eine notwendige Bedingung von Pornographie ist.

Nachdem ich mir Muddy Waters angehört hatte, habe ich K zurückgemailt:

Mann, ey, die Blues-Brüder haben's einfach besser drauf! Keinerlei Mackergehabe, ohne darum eine Lusche zu sein, ganz im Gegenteil. Ich kriege Gänsehaut von diesem Stück, um so mehr, als ich *You make me feel so good, you make me feel alright* bislang nur von Jim Morrison kannte, der im Vergleich recht pubertär klingt, aber das tut er ja meistens.

Daß *backdoor man* ein heimlicher Liebhaber sein kann, habe ich gestern begriffen, nachdem ich den Text einer Übersetzungsmaschine anvertraut hatte, die neben der Übersetzung »Amperestunde« für *ah* eben auch »Ich möchte Ihr heimlicher Mann sein« produzierte. Jedoch ist die Analsex-Konnotation gewiß gewünscht.

Inzwischen finde ich den Text gar nicht mehr so schlimm, denn irgendwie scheint's doch auch darum zu gehen, die erkaltete Frau zurückzugewinnen, wozu, was Tucholsky *penis normalis* nennt, dem lyrischen Ich am besten geeignet scheint. So daß der Refrain auch als Frage zu verstehen sein könnte, wie es die Übersetzungsmaschine nahelegt. Und daß unsereins erstmal *What a whole lotta love* versteht, mag daran liegen, daß eine solch krude Anmache einfach nicht so unser style ist. Am Ende kommt's sowieso nicht auf den kompletten Text an, sondern nur auf das, was man seinerzeit mit seinem Oberschülerenglisch verstand, und das ist, neben dem Refrain, vor allem, *every inch of it* geben zu wollen. Boah, ey! Heavy, heavy, heavy … Das Leben aber lehrte, daß diesem Wunsch Erfahrung innewohnt und auch Wahrheit.

Led Id lead.

Im Sommer zwingt einen die Sonne zum Aufstehen, weil es zu heiß und zu hell ist zum Liegenbleiben. Kaum hat man die Augen aufgeschlagen, wird man zu Lebensfreude und Aktivität gezwungen. Der Herbst ist viel menschlicher. Früh ist es grau und regnet, der Tag hat ebensowenig Lust anzufangen wie der Mensch, und so kann man sich in ihn hineinschleichen, wie er selbst sich in sich hineinschleicht.

NENNEN WIR DIE JUGENDLICHE SEXUALITÄT die Led-Zeppelin-Phase. Danach kommt die gereifte Sexualität. Wie die wohl aussieht? Ob's die überhaupt gibt?

# Beschreibung des einst Geliebten

## I

Das Glück kam und blieb.

Es nährte sich einzig und allein aus der Existenz des seinerzeit Geliebten, das heißt, nicht aus seiner bloßen Existenz natürlich, sondern daraus, daß er in meinem Leben war, daß er zu meiner Welt gehörte.

Ich sah ihn nicht oft, wir hatten ein heimliches Verhältnis.

Wir haben dann immer miteinander gevögelt, obwohl wir das eigentlich gar nicht können, also nicht miteinander.

Wir haben wenig miteinander geredet, denn das können wir nun wirklich nicht, und das war viel klarer als die körperliche Inkompatibilität. Darum beschränkten sich unsere Gespräche auf Informationsaustausch, wobei wir uns an seine Redeform hielten. Ich rede normalerweise ganz anders. Als ich ihm das einmal sagte, sagte er, es sei umgekehrt, wir würden miteinander immer so reden, wie ich rede. Unsere Ausgangssprechweisen lagen so weit voneinander entfernt, daß sie nicht zu verbinden waren; wir hätten einen Ozean überbrücken müssen. Er erzählte mir viel, ich erzählte ihm wenig. Wenn ich ihm etwas erzählte, dann in extrem kompakter Form. Er hörte mir sowieso nur aus Höflichkeit zu, um die Zeit herumzubringen, bis er seinen Schwanz in mich hineinsteckte. Zum Glück kann ich das sehr gut, Informationen in die kompaktest mögliche Form verpacken. (Sonst hätte es mein Glück gar nicht gegeben.) Nur darum konnte ich ihm überhaupt etwas erzählen, denn ich dachte immer, ich müsse mich damit beeilen.

Länger als zwei Stunden halten wir uns nicht aus. Alle Begegnungen, die länger als zwei Stunden dauerten, waren am Ende fürchterlich.

Er lebt in einer ganz anderen Welt als ich.

Er hat einen schönen Beruf und geht ganz auf in ihm. Sein Beruf ist, was ihn wirklich glücklich macht. Es ist ein Beruf, in dem er sich an die Vorschriften halten muß.

Mein Beruf ist das Gegenteil. Ich bin dann am besten, wenn ich mich nicht an die Vorschriften halte, sondern sie entweder sachte ausdehne oder komplett ignoriere. Ich stehe immer am Rande der Vorschriften. Meine Aufgabe ist nicht, sie zu erfüllen, sondern ihre Grenzen auszuloten und diese gegebenenfalls zu überschreiten. Oder neue Vorschriften zu finden, die aber nur für mich gelten würden und darum keine wären. (Dieser Umgang mit den Vorschriften war nicht immer so, aber heute ist er so. Natürlich kann man meinen Beruf auch heute anders ausüben, als ich es tue; es ist eine seiner Eigenarten, daß jeder seinen eigenen Weg der Berufsausübung finden muß. Und »Berufsausübung« klingt nun auch falsch; es klingt, als wäre das so einfach. Richtiger ist: Jeder muß seinen eigenen Weg finden, mit diesem Beruf fertigzuwerden.)

Sein zweiter Beruf ist das Schmetterlingssammeln. Er besitzt etwa hunderttausend aufgespießte Schmetterlinge, Hekatomben toter Tiere, vor allem Nachtfalter. Zugleich weiß er alles über lebendige Tiere, über alle Tiere, nicht nur Schmetterlinge, und kann auch über jede Region der Welt sofort Auskunft geben, was deren natürliche Beschaffenheit und die dortigen Schmetterlingspopulationen angeht, wie er überhaupt ein biologisches Weltbild hat und meine Lust stets daran glaubte feststellen zu können, ob ich Minnesymptome zeigte oder nicht.

Ich dagegen weiß wenig über Biologie und über Schmetterlinge schon gleich gar nichts.

*What I do know is that I love you,*
*And I know that if you love me too –*
*What a wonderful world this would be!*

Vor allem sammle ich nichts. Ich kategorisiere nichts und entwerfe keine Ordnungssysteme. Ich interessiere mich nicht für tote Dinge, sondern studiere lebendige.

Ihn zum Beispiel.

Als ich Edith erzählte, daß er schon ganz zutraulich geworden sei, sagte sie, ich würde reden wie eine Zoologin. Und das war ich ja auch.

Manchmal sah er so wild aus wie direkt aus der Steppe importiert. Dann war er mir ein sehr fremdes und sehr kostbares Tier. Er ist der intelligenteste Mensch, den ich kenne, und zugleich der einzige, der sich weigert, seine Intelligenz auch auf andere Dinge als seine Arbeit, Schmetterlinge, das Aufspüren von Sonderangeboten und das Auswendiglernen der Gegebenheiten der Natur anzuwenden. Ich finde es zum Beispiel wichtig, seine Intelligenz auf die Bedingungen des Umgangs miteinander zu richten; das tut er aber nicht, ganz und gar nicht. Darum dachte ich manchmal, daß er doch blöd sei, nicht dumm, sondern blöd. Eine Zeitlang hielt ich ihn für sozial schwerstbehindert, dann dachte ich, daß er womöglich eine milde Form von Autismus habe, das Asperger-Syndrom, denn es macht ihn unruhig, wenn vom Plan abgewichen wird, und er hat, wenn es um seinen Beruf oder Schmetterlinge geht, keinen Hauch von Humor. Sonst fallen ihm aber schon oft lustige Sachen ein. Am Ende dachte ich, daß er einfach merkwürdig sei. Das fand ich sehr attraktiv.

Er ist ein merkwürdiger Mensch, allein und einzig.

Er ist einzig und womöglich auch so einsam, wie er mir immer erschien. (Es ist ein Zeichen der Verliebtheit, den geliebten Menschen für einsam zu halten. Das habe ich bei Walter Benjamin gelernt.)

Weil es in nun meiner Welt genug Leute gibt, mit denen ich

reden kann, fand ich es nicht schlimm, daß ich mit ihm, meinem Geliebten, nicht reden konnte.

Das heißt, ich habe nie ernsthaft darüber nachgedacht.

Es dauerte über zwei Jahre, bis ich dachte, daß unser Verhältnis wirklich stattfinde, bis ich das Gefühl hatte, daß er sicher zu meinem Leben gehöre. Da war ich dann wirklich glücklich. Und erst ganz am Ende begriff ich, daß dieses Glücksgefühl daher rührte, daß es mich, wenn ich mit ihm zusammen war, gar nicht gab. In seiner Gegenwart existierte ich nicht.


II

Der einst Geliebte ist zehn Jahre älter als ich, erschien mir aber oft wie ein ganz junger Mann. Er hat etwas Schlaksiges, und er zieht sich an wie ein Student. Einmal saß er in seinen Lederhosen und seinem grauen Sweatshirt an meinem Küchentisch und sah aus, als ginge er gleich zu seiner Foucault-Arbeitsgruppe.

Seine überlangen Beine standen an der einen Seite des Tisches schräg in den Raum hinein, und über dem Tisch ragte sein Oberkörper schräg in die andere Richtung hinaus. Das gefiel mir gut, denn es paßte zu dem Sweatshirt, das ich, wie die Lederhosen, ansonsten ziemlich unmöglich fand.

Er war jung, als Led Zeppelin gerade besonders berühmt waren. Als *Whole Lotta Love* herauskam, war er siebzehn Jahre alt, und er kam mir vor wie imprägniert von dieser Zeit, als er siebzehn Jahre alt war. *Every inch of my love.*

Ich war noch jünger als siebzehn, als ich Led Zeppelin zum ersten Mal hörte, die zu jener Zeit schon nicht mehr ganz aktuell waren, aber ich lebte ja auf dem Land. Jedenfalls fühlte ich mich immer sehr jung mit dem einst Geliebten. Manchmal dachte ich an ihn wie an einen aus der zwölften Klasse, den ich aus der neunten Klasse heraus anhimmle. Und weil man denen aus der zwölften Klasse so selten begegnet (höchstens auf dem Pausenhof, aber meistens hocken sie im SMV-Zimmer und rauchen), ist es fast zuviel des Glücks, wenn so einer plötzlich in der eigenen Küche sitzt. Und dann auch noch wirklich wegen einem selbst gekommen ist und nicht aus irgendeinem anderen Grund! Und dann da sitzt, als gehöre er da hin! Das sprengt schier die Vorstellungskraft. Weswegen es mich jedesmal wieder überraschte und in höchste Aufregung versetzte, wenn er tatsächlich zur Tür hereinkam, er selbst, der alle meine Gedanken tränkte, der immer bei mir war, in dem ich lebte, er. Mein Liebster.

Und als wäre ich in der neunten Klasse, er aber in der zwölften, fand ich ihn unglaublich toll und konnte überhaupt nicht damit aufhören, ihn toll zu finden, obwohl ich durchaus bemerkte, daß ich gar nichts mit ihm anfangen konnte, wenn wir zusammen waren, außer, ihn toll zu finden natürlich. Außer, ihn zu lieben. Was ich mir halt so unter Liebe vorstellte, »ihr müßtet ihn nur mal mit meinen Augen seh'n« und so.

Auf diese Weise holte ich meine Pubertät nach.


III

Er wollte mich haben, weil ihm mein Körper gefiel, denn er mag nicht nur große Brüste, sondern auch dicke Bäuche. Das kannte ich sonst nicht. Ich wußte, bevor ich ihn kannte, nicht, daß es Männer gibt, denen dicke Frauen gefallen; bis dahin wußte ich nur, daß ich es mit meinem Übergewicht eh vergessen konnte, mal einen Mann zu finden, der mich attraktiv fände. Denn so hatte man es mich im Elternhaus gelehrt. (Bevor ich ihn kannte, wollte ich auch nicht glauben, daß Männer tatsächlich Angst vor Frauen haben können. Das habe ich erst anhand seiner Angst vor seiner Frau gelernt. Bis dahin dachte ich, nur Frauen könnten Angst vor Männern haben, und das sei ganz natürlich.) Er war der erste Mann, der den Rest meines Körpers nicht wegen meiner großen Brüste notgedrungen in Kauf nahm, sondern auch den Rest wirklich wollte. Das hat mich erleichtert und begeistert. Der erste, vor dem ich meinen Körper nicht verstecken wollte und das auch nicht mußte. Vielmehr erfreute er sich an ihm und hätte ihn am liebsten in Reizwäsche gesehen, was ich, wegen der Spießigkeit und aus ästhetischen Gründen, eine abstruse Idee fand. Wahrscheinlich habe ich darum so lange an diesem Verhältnis festgehalten: weil ich mich darauf verlassen konnte, daß er meinen Körper begehrte.

Sobald es zu Ende ging mit ihm, fing mein Körper an, sich zu erleichtern. Ich nahm gleich mehrere Kilo ab, ohne daß ich das geplant hätte. Ich hatte nur das Ernährungsprinzip geändert.

Er wollte mich haben, darum hat er mich gekriegt.

Ich habe mich da nicht eingemischt.

Ich war mir damals sicher, daß der Schaden trotz Psychoanalyse nicht verschwindet, der Grundschaden, die eigentliche Wunde. In der letzten Zeit mit dem einst Geliebten, das war die Zeit, als ich endlich wirklich und wirklich unendlich glücklich war, erklärte ich mir und besorgten Freunden dieses Glück mit meinem Schaden: Zwar steht mir kein Mann zu (das ist der Schaden), aber es gibt trotzdem einen in meinem Leben, nur halt heimlich (Schaden überlistet!).

Er hatte neben seiner Ehe heimlich eine Geliebte, aber auch ich hatte, obwohl es keinen Ehemann gab, vor dem ich ihn hätte verbergen müssen, nur heimlich einen Geliebten. Und nicht nur vor meinem Schaden habe ich ihn verborgen, sondern er trat auch sonst nicht in Erscheinung; die wenigsten meiner Freunde haben ihn je zu Gesicht bekommen, und wenn, dann immer nur im Vorübergehen. Wir haben nicht nur nicht miteinander geredet, sondern auch immer nur das getan, wobei man eh nur zu zweit ist; wir haben so gut wie nie etwas anderes getan. So gut wie nie etwas, das in der Öffentlichkeit stattfindet.

Einmal haben wir einen Ausflug gemacht.

Das war alles.

Mit seinem Schaden muß man leben, aber man darf ihm nicht dienen. Vielleicht hat man irgendwann keine Lust mehr, ihn zu bekämpfen, dann muß man ihn ertragen, aber dienen darf man ihm nicht. Und daß mein Schaden ein ganz anderer ist, als ich all die Jahre dachte; daß er viel größer ist, als ich mir kokett einbildete; daß er viel dramatischer ist und der Grund allen Übels – das habe ich erst viel später begriffen. Jetzt ist das Übel erträglich geworden.

## Beispiel für das Schönreden des Verhältnisses mit dem einst Geliebten

Ich habe meinem Liebsten nicht gesagt, daß ich ihn liebe. Ich habe mir fest vorgenommen, das nie zu tun.

Allerdings muß ich mich dazu zwingen, es ihm nicht zu sagen, ich liebe ihn nämlich sehr.

Er spricht ebensowenig von Liebe wie ich. (Er ist sowieso nicht der Typ für solche Bekenntnisse, vielleicht denkt er aber außerdem, wie ich, es sei besser, seine Liebe nicht zu erklären.) Ich sage ihm nicht, daß ich ihn liebe, weil ich fürchte, daß gerade dies, es auszusprechen, gerade die Bestätigung dessen, was wir jetzt höchstens ahnen können, unsere Liebe beenden würde, meine ebenso wie seine. Unsere Liebe würde damit plötzlich eine Tatsache, und damit könnten wir die Sache abschließen – als hätten wir auf dieses Ziel hingearbeitet und müßten nun, da es erreicht ist, nicht weiterarbeiten. Denn mehr kann man doch miteinander nicht erreichen, als sich zu lieben, oder?

Im Augenblick ist es ein Spiel, das nicht enden wird, solange wir es nicht benennen. Des bin ich gewiß.

Wenn wir uns sehen, sind wir immer sehr aufgeregt. Das jedesmal aufs neue wahnsinnig Aufregende ist: daß es diesen anderen wirklich gibt, diesen anderen, der sich genauso darüber freut, einen zu sehen, wie man selbst sich freut, ihn zu sehen. Daß es ihn wirklich gibt. Daß er wirklich dasselbe will wie man selbst. Daß es für diesen anderen wirklich ein ebensolches Glück bedeutet zusammenzusein, im selben Raum, im selben Bett, wie für einen selbst. Daß dieser andere, wie man selbst, viel dafür tut, dieses Zusammensein zu ermöglichen. Daß es, solange man zusammen ist, im selben Raum, im selben Bett, nichts Wichtigeres gibt.

Weil wir nie von unserer Liebe sprechen, reden wir nur so das gewöhnliche Zeugs: was passiert ist, was passieren wird, was passieren könnte. Außerdem reden wir allgemein über andere Leute oder über Musik, Politik, das Wetter, Gesundheit und Körperpflege oder darüber, wie die Welt eingerichtet ist oder eingerichtet sein sollte, lauter solche Dinge, über die man redet, wenn der Tag lang ist, aber eben nicht über uns, nie über uns, nie darüber, wie sehr wir uns lieben und wie wunderbar das ist, wie andere sich gewiß nicht so lieben, wie wir uns lieben, wie unfaßbar außergewöhnlich diese unsere Liebe und so weiter: darüber reden wir nicht. Uns selbst sparen wir aus, denn wir sind ja da und können uns anschauen, anfassen und ablutschen. Darum müssen wir nicht über uns reden. Wir sind ja da.

Du bist da.
Ich bin da.
*Badah*
*dadah*
*damm*
*da-damm*
*da-damm*

So ist die Liebe zwar in der Spannung unserer Körper zu spüren, aber sie ist eben nicht materiell. Und wir materialisieren sie auch nicht, weder in Geschenken, noch in einem Kind, noch in Worten. Denn es ist nicht eine Liebe, nicht unsere eine kleine, nicht unsere persönliche Liebe, die wir uns gebastelt hätten, sondern es ist
Die Liebe,
an der wir teilhaben, zu der wir vorgedrungen sind. Weil wir nicht darüber reden. Weil sie ebenso da ist, wie wir da sind, und das gerade, weil sie nicht materialisiert wird. Wir

unternehmen nichts dagegen, darum wird sie immer größer. Eben weil wir sie nicht erklären, die Liebe. Oder es scheint mir nur so, daß sie größer wird, weil sie jedesmal mit derselben Gewalt da ist:

Wenn ich ihn die Treppe heraufkommen sehe.

Wenn er hereinkommt, die Lippen voran.

Wenn er sich rund macht und seinen Kopf auf meine Schulter legt.

Wenn ich ihn umarme und begreife, daß es ihn wirklich gibt.

Und dabei ist es gar nicht wichtig, ob er mich auch liebt oder nicht. Er muß nichts sagen. Wichtig ist, daß er sich von mir lieben läßt; Lieben ist ja doch viel interessanter als Geliebtwerden. Und wenn er nicht mich liebt, dann doch gewiß meine Liebe zu ihm, darum geht's ja überhaupt. (Denn man begehrt immer das Begehren des Anderen.) Wie er die Gefühle nennen würde, die er mir entgegenbringt, muß ich nicht wissen. Die tun nichts zur Sache, solange er sich von mir lieben läßt.

Ich nehme alles hin. Und dabei habe ich gelernt, daß Hinnehmen dasselbe ist wie Hingeben. Ich nehme ihn hin, wie er ist, und er nimmt mich hin mit meiner Liebe. Er gibt sich mir hin als die Person, die sich von mir lieben läßt, und ich – bin glücklich, weil ich lieben darf. So geben wir uns einander hin, und das kann man sowieso nicht in Worte fassen, das ist jenseits der Sprache. Der Urzustand. Musik. *(Lolita, light of my life, fire of my loins. My sin, my soul.)*

KEINEN MANN ZU HABEN, allein zu sein, erschien mir immer als Makel. Als hätte ich die Grundvoraussetzung fürs Leben nicht erfüllt, welche da wäre, nicht allein zu sein, sondern einen Menschen zu haben, auf den man sich als ersten bezieht und umgekehrt; einen Ort in der Welt zu haben, angebunden zu sein ans Leben. Alles, was man tut, dachte ich, muß auf dieser Grundlage geschehen; etwas ohne diese Grundlage zu tun, hielt ich stets für vorläufig, für ein Als ob oder eine Ersatzhandlung. Richtig, wahr, bedeutsam, was auch immer, würde dieses Tun erst, wenn es vor dem Hintergrund einer Liebesbeziehung, besser: einer Ehe stattfände.

Während ich es extrem wichtig fand, einen Mann zu haben, hatte ich keinen. Was ich hatte, waren Verhältnisse mit bereits anderweitig verheirateten Männern. Vom letzten dieser Verhältnisse berichte ich hier. Es war grotesk. Es bestand darin, daß ich in unregelmäßigen Abständen von ihm besucht wurde. Dann wurde jeweils der Geschlechtsakt vollzogen, was für mich so gut wie immer unbefriedigend blieb. Das nahm ich lange hin, weil ich in der Zeit zwischen diesen Besuchen in einem fort glücklich war. Während der Besuche selbst existierte ich nicht. Da redete ich nicht, wie ich normalerweise rede, sondern stellte mich dumm und war unterwürfig, was zu Demütigungen führte. Während dieser Besuche war ich eine andere, weil ich vor allem darum bemüht war, mein Hirn nicht zu gebrauchen.

Ohne Hirn zu sein, ist ein Zustand, den ich sonst gar nicht kenne.

Mit dem einst Geliebten war ich mir fremd und interessierte mich sowieso nur für ihn, für ihn allein. Für ihn, der von mir nicht mehr wollte als ebendies: daß ich mich in unregelmäßigen Abständen für den Geschlechtsakt zur Verfügung stelle. Weil ich das absolut zuverlässig tat und jedesmal, wenn er sich zurückziehen wollte, weil ihn etwas verstört, besser: gestört hatte, alles daran setzte, ihn wieder zu beruhigen, indem ich mich noch kleiner machte, währte dieses Verhältnis fünfeinhalb Jahre. (Kennengelernt hatte ich ihn weitere elf Jahre zuvor. Da hatte es schon einmal ein Verhältnis gegeben, dessen Ende ebenfalls schrecklichste Depression verursacht hatte.)

Eine solche Verstörung wurde einmal zum Beispiel dadurch bewirkt, daß er Empathie hätte zeigen müssen, nachdem ich beim Hasten zu ihm hin auf der Straße ausgerutscht war und mir das Knie aufgeschlagen hatte. Ich war übermüdet an jenem Tag, und auf dem Weg zum Lokal an der Ecke, in dem wir uns verabredet hatten, lag ein großes Stück Cellophan auf dem Gehsteig, das ich nicht sah, weil ich es so eilig hatte und so müde war. Als ich bei ihm ankam und ihm das erzählte, war er sofort verärgert. Es kam von ihm nicht einmal der Versuch zu einem Wort des Trostes, sondern nur verstocktes Schweigen. Es vergrößerte seinen Ärger und machte ihn noch stummer, als mir schließlich die Tränen kamen in dieser Trostlosigkeit. Mein normales Ich, das aufgrund der Müdigkeit und des Schmerzes an diesem Sommerabend nicht ganz zu unterdrücken war, erkannte durchaus, daß er sich unmöglich benahm. Mein normales Ich wollte mit einem solchen Rüpel nichts zu tun haben. Aber statt einfach wieder nach Hause zu gehen, was in dieser Situation das Richtige gewesen wäre, riß ich mich zusammen, weil ich Angst hatte, ihn andernfalls nie wiederzusehen, vernachlässigte mein blutendes Knie und streichelte ihn. Das war aber nicht genug; ich mußte noch einige Male sehr besänftigend am Telefon auf ihn einreden, um diesen Tort, den ich ihm angetan hatte, indem ich nicht nur etwas Unvorhergesehenes hatte geschehen lassen, sondern er auch noch mit Empathie darauf hätte antworten müssen, wieder auszubügeln. Das waren haarige Gespräche. Er war so genervt, daß ich fürchtete, er würde mich verlassen.

Immer war ich wie Watte zu ihm.

Kein Wunder, daß ich ihm schließlich auf die Nerven ging; Watte macht aggressiv. Man möchte hineintreten, weil man hofft, daß irgendwann einmal eine Reaktion kommt. Aber Watte ist duldsam.

# Jenseits der Sprache

ÜBER DEN TEXT EINES LIEDES ZU SPRECHEN, ist ein hilfloser Ersatz, denn der Text ist nur der äußerste Rand. Bevor man den Text überhaupt versteht, fährt einem die Musik ein, und wenn die nicht besonders wäre und einen darum genug aufregte, um sie sich noch einmal und womöglich wieder und immer wieder anhören zu wollen, würde einen das Stück gar nicht weiter interessieren. Natürlich gibt es Texte, die einem schöne Musik verleiden; bei dem Lied *Le vent nous portera* von *Noir Désir* zum Beispiel wünschte man sich, man verstünde kein Französisch. Theoretisch müßte es auch Musik geben, die man nur darum zu ertragen bereit ist, weil der Text gut ist. Jedoch ginge es bei einem solchen Verhältnis zwischen Musik und Text wahrscheinlich nicht um gute Texte, sondern um ideologisch genehme; auf diese Weise Musik hören, könnten überhaupt nur in einer Ideologie Befangene.

Was die Musik ausmacht, kann immer nur umschrieben werden: badah dadah damm da-damm da-damm. Viel mehr kann man dazu nicht sagen, und wenn man es nicht schlimm findet, nicht mehr sagen zu können als dies, sondern vielmehr froh ist, dieses, das einen glücklich macht, nicht in eine Begrifflichkeit überführen zu müssen, geht man irgendwann sogar in Wagneropern. Allein aus Ideologie sind die nämlich nicht auszuhalten, und umgekehrt kann man sich ihnen, wenn man gerne Musik hört, nicht verschließen, nur weil Adolf Hitler sie alle auswendig kannte. Es ist vielmehr so, daß man sich einmal entschieden haben muß, Überwältigungskunst nicht abzulehnen, sondern, im Gegenteil, wunderbar zu finden und sich gerne von Kunst überwältigen zu lassen.

Nicht nur die Liebe zur Musik führt einen nach Bayreuth, sondern auch die Liebe zum Kino, zum Hollywoodkino, denn das ist die Fortführung der Wagneroper mit denselben Mitteln.

Der Weg von Led Zeppelin zur Klassik beginnt bei Bruckner. Sobald man sich an dem überhört hat, steht einem alles offen, außer dem Weg zurück. Sobald man sich an das Hören von Nuancen gewöhnt hat, sobald sich das Hören aufs Unendliche eingerichtet hat und auf Überraschungen, statt auf die ewige Wiederkehr des Gleichen, müssen Rock und Pop schon wirklich sehr gut sein, um sie mögen zu können, das heißt, entweder wirklich originell sein oder wirklich aus dem Innersten der Musikanten kommen, und sind selbst dann nur in kleinen Dosen zu ertragen. Und das gilt sogar für die Stücke, die man sich aus Sentimentalität anhört, weil sie einen an irgendetwas erinnern (immer an etwas aus der Jugend).

*KEEP ON ROCKIN' ME, BABY,*

*keep on rockin' me, baby,*
*keep on rockin' me, baby,*
*keep on rockin' me, baby,*
*baby, baby, baby,*
*keep on rockin', rockin' me, baby*

In der richtigen Welt, in der banalen Welt, nennen wir sie den Alltag, wird das Baby geschaukelt, aber in der Welt der LIEBE und auch in der populären Musik ist es das Baby, das den Mann schaukelt, das Baby, Baby, Baby. Das geschieht in der alltäglichsten aller Rockmusikwelten; der Name der Mainstream-Band, die dieses Lied singt, tut ein übriges dazu, denn er lautet »Steve Miller Band«, was auf deutsch »Stefan-Müller-Kapelle« wäre.

Die endlose Wiederholung ist überhaupt eine wichtige Methode der populären Musik. Wenn die Leute über einen Witz nicht lachen, muß man ihn wiederholen, und zwar so lange, bis sie doch lachen. Wenn man sich nicht scheut, für eine Nervensäge gehalten zu werden, und sich an dieses Rezept hält, wird man reichen Lohn empfangen, denn spätestens bei der fünften Wiederholung lachen die Leute doch. Keep on rocking me. Das gilt aber nur für Witze. Bei der populären Musik muß der Funke schon beim allerersten Hören überspringen, und besonders gelungen ist sie, wenn er das gleich beim ersten Ton tut, so wie bei *Like a Rolling Stone* von Bob Dylan, zum Beispiel, oder eben bei *Whole Lotta Love* von Led Zeppelin, womit wir schon wieder beim Thema wären. Keep rockin'.

EIN SECHS MONATE ALTES KIND, mit dem ich im Ausland zu tun habe. Dieses Kind spricht noch keine Sprache, sondern macht nur die heiteren Geräusche der Lebensfreude, oder es weint, wenn ihm etwas nicht paßt; mit mir spricht es in Berührungen, Blicken und Lauten. Das ist genauso wie mit meinem großen Geliebten.

(Den Zustand des Kleinkindes jenseits der Sprache wieder erreicht, keine Worte mehr zu haben, das ist das Glück. Darum strebt alle Kunst danach, wie Musik zu sein: weil Musik mit ihrer Struktur deutlich als etwas Menschengemachtes zu erkennen, zugleich aber jenseits der Worte ist.)

Dieses sechs Monate alte Kind war noch weit entfernt von der Sprache, als ich es kennenlernte, daher das große Entzücken. Hinzu kam, das ist wichtig, daß die Sprache, die es umgibt und in der ich es kennenlernte, nicht meine ist, sondern eine Fremdsprache.

Der Aufenthalt in einer Fremdsprache ist sowieso schon nahe am Glück. Wenn sie in einer Umgebung gesprochen wird, von der man sicher sein kann, daß einem dort nichts geschieht, kann man dort so glücklich sein wie ein Säugling.

In der Fremdsprache ist man ein kleines Kind.

Es ist ein Wunder, wie so eine fremde Sprache für andere

voll unmittelbarer Bedeutung ist, während man selbst sich ihre Bedeutung jeweils mit dem Intellekt erschließen muß.

Die Fremdsprache ist ein Glück, wenn man darin alleine ist, wenn niemand da ist, der die eigene Sprache spricht, wenn man also im Ausland alleine ist. Dann ist sie wunderbar, weil man von allem, was Bedeutung hat, losgelöst ist. Weil alles egal ist. Weil man nicht bei sich ist – im wörtlichen Sinne, denn man ist im Ausland, wo man nicht hingehört und außerdem nichts versteht.

Man ist nicht bei sich. Wie ich nicht bei mir war, wenn ich mit dem einst Geliebten zusammen war.

Alle Franzosen, die ich kenne, glauben, ich spräche perfekt Französisch. Zumindest glauben sie, ich verstünde sie vollkommen, und reden mit mir genauso wie mit ihren Landsleuten, genauso schnell, genauso idiomatisch. Dann bin ich umhüllt von diesen fremden Lauten, die ich schon verstehe, aber nicht unmittelbar, weil sie mich nie zuerst im Bauch, sondern immer zuerst im Hirn treffen. Ich bin wieder ein Kind, wenn ich in Frankreich bin. Und darum war ich so glücklich mit diesem Kind, als es noch von keiner Sprache wußte, mit dem ich aber in meiner Sprache sprach, so daß wir ganz für uns waren und dabei vollkommen geschützt, weil gemütlich eingewickelt in das freundliche Getöse der fremden Laute, in den reinen Menschenlärm.

Es wirkte wie ein Orgonakkumulator.

Als dieses Kind achtzehn Monate alt war, laufen konnte und gerade sprechen lernte, fuhren wir, seine Mutter, das Kind und ich, zusammen in die Ferien, in ein schönes Haus im Süden. Schon im Zug erwies sich, daß mein Glück mit ihm zu Ende war, denn es heulte in allergrößter Verzweiflung, als seine Mutter es und mich alleine ließ, und ich hatte es nur knapp geschafft, es zu beruhigen, als sie nach zehn Minuten wiederkam. Sie ging dann gleich noch einmal weg, und es heulte sofort wieder, genauso gotterbärmlich wie zuvor. Als dann einmal ich wegging, heulte es allerdings auch. Im Süden heulte es, sobald seine Mutter sich mehr als einen Meter von ihm entfernte. Einmal heulte es sogar, als es selbst weggegangen war. In einem fort stellte es sich zwischen die Beine seiner Mutter, was ich schon bald widerlich fand, denn, riesig für sein Alter, reichte es ihr zu jener Zeit genau ans Geschlecht. Einmal wickelte ich es, und dabei brüllte es, als würde ich es foltern. Das war ungerecht und kränkte mich dermaßen, daß mir die Tränen kamen.

In der Fremdsprache ist man glücklich, wenn man dazu bereit ist. Am Unglück des achtzehn Monate alten geliebten Kindes bei der Reise in den Süden erwies sich aber auch, wie sehr es das Unglück verstärkt, wenn man sich weder verständlich machen kann, noch versteht, was die anderen einem sagen wollen. Wenn man vor einer Wand aus Lauten steht und keine Ahnung hat, was als nächstes geschieht, aber alles gewahren muß. Keine größere Angst als diese.

Es ist dieselbe wie die des Neurotikers, der einer Welt aus Fremdheit gegenübersteht. Der keinen blassen Schimmer hat, wie diese Welt funktioniert und wie er sich darin bewegen könnte, sollte oder müßte, um voranzukommen oder wenigstens in ihr zu bestehen, und auch keine Vorstellung davon hat, wie die anderen ihn wahrnehmen. Der, solange er seine Neurose nicht analysiert hat, seiner Angst vollkommen ausgeliefert ist, weil er nichts versteht von der Welt, die ihn umgibt, nichts, absolut überhaupt total gar nichts, und darum weder Einfluß auf sie nehmen kann, noch auch nur den Hauch einer Ahnung hat, was diese Welt als nächstes tun wird, weil er nichts aus dem lernen kann, was sie zuvor getan hat, was zuvor geschehen ist. Auch das ist ein Kennzeichen der Neurose: eine allumfassende, fundamentale Lernunfähigkeit.

# Das Ende der Geschichte

WIEN, NOVEMBER. Auf einem Ladenschild lese ich NAZI-SCHULE, es steht dort aber MASZSCHUHE.

Das Buch, das Geliebter auf die Reise mitgenommen hat, heißt »Die Schmetterlinge Süd- und Mittelniedersachsens«.

K sagt, daß man Reisen nur in Luxushotels ertragen könne, viel Reisen.

Als ich ihn am Abend im Café Prückel traf, hatte ich einen Anfall von Logorrhöe, weil ich den ganzen Tag und auch den Vorabend, an dem ich bei Geliebter eingetroffen war, nicht zum Reden gekommen war. Ich mußte über meine beruflichen Aussichten reden und über die Sprache, daß sie eher Stimmungen mitteile als Fakten, zuerst berichtete ich ihm ausführlich von dem Film »Brinkmanns Zorn«, den ich am Nachmittag vor meiner Abreise gesehen hatte. Darum schrieb ich die ganze Zeit alles auf, denn ich dachte plötzlich, das sei doch der richtige Weg. Später, als alles vorbei war, dachte ich, daß ich wahrscheinlich aus Notwehr die ganze Zeit mitgeschrieben hatte, weil ich Geliebter sonst gar nicht ausgehalten hätte. Ich erklärte K, daß Rolf Dieter Brinkmann mit der Meinung, die Sprache sei nur in der Lage, Fakten mitzuteilen, nicht aber dazu, Stimmungen abzubilden, unrecht habe, denn ich empfinde für gewöhnlich einen umgekehrten Mangel, nämlich eine Stimmung erfaßt, aber nicht, wie sie konkret aussieht, das heißt, wie es dort konkret aussieht, wo diese Stimmung herrscht oder einen befällt. K stimmte mir zu. Ich war sehr froh, mit ihm reden zu können; es war, als sei ich in meine eigene Welt heimgekehrt. Später kam Geliebter hinzu, mit frischgewaschenen Haaren, und erzählte von einer Sendung über Mao, die er gerade im Fernsehen gesehen habe. Siebzig Millionen Menschen seien wegen Mao zu Tode gekommen. Dann ging er zu seiner anderen Verabredung und ich mit K zum Würstelstand hinter der Oper. Als wir losgingen, fragte ich ihn, ob er nicht auch finde, daß Geliebter eigentlich ganz normal geredet habe. Nachts um drei kam Geliebter ins Hotel zurück. Wir fummelten viel aneinander herum, und ich dachte, es sei alles wieder gut.

In der Gegenwart kurz vor 17 Uhr auf dem Hotelbalkon. Ein paar Krähen fliegen über den Kärntnerring, parallel zu den Fahrbahnen. Die Krähen hört man nur, wenn sie so hoch fliegen, wie ich hier sitze, im fünften Stock; den Verkehr hingegen höre ich die ganze Zeit, schon vorhin habe ich ihn gehört, als die Sonne schien und der Himmel himmelblau war und die Luft so lau wie im frühen Sommer. Jetzt höre ich über dem Verkehr und viel näher den Krähenschwarm. Der Himmel dunkelt vom orange angeleuchteten Hotel Imperial her. Nur in diese Richtung stehen hohe Platanen, die noch Blätter haben; alle anderen Bäume sind niedriger und schon kahl. In diesen Platanen lassen sich die Krähen nieder. Wenn ich nach rechts schaue, sehe ich einen Streifen sehr hellen Himmels und darunter einen ganz hellrosa Streifen, in den eine Kuppel aus dem 19. Jahrhundert hineinragt. (Die gehört zum Kunsthistorischen Museum, wie ich am Abend dachte und am nächsten Tag verifizierte.) Gelegentlich fährt eine Straßenbahn vorbei, und von links unten leuchten die Weibesäulen vor der Ringstraßengalerie herauf. Von der anderen Seite her quietscht eine Straßenbahn, und während sie quietscht, ist es ansonsten ruhig, für einen Moment. Dann liegt wieder der Verkehrslärm in der breiten Ringstraße unten, drei Spuren breit, Verkehr nur in eine Richtung, weitere Fahrbahnen an den Seiten, dazwischen die Schienen der Straßenbahn. Wie eine unendliche, dicke Nackenrolle liegt der Verkehrslärm da unten, und derweil sitzen die Krähen ruhig in den Platanen, man hört nur vereinzelte Nachzügler krächzen. Jetzt ist es doch kühl, wenn auch nicht so, wie man es mitten im November erwarten würde, und der Himmel ist noch immer vollkommen wolkenlos, aber schon ein dunkles Blau; ich sehe einen einzelnen Stern, ich höre einen einzelnen Motorroller. Die Krähen haben die größte Platane, die direkt vor mir steht, eingenommen, sie sind schwarze Krähenstatuen in Lebensgröße. Die eine oder andere fliegt noch einmal auf, um sich gemütlicher wieder hinzusetzen. Auf dem Hotel Imperial bewegt sich nur die Europafahne im Wind, ein wenig, die anderen hängen schlaff herunter, gerade hat eine Straßenbahn geklingelt, und als ich in das Zimmer wieder hineingehen will, in dem Geliebter schläft, fliegen alle Krähen gemeinsam fort, in dieselbe Richtung wie der Verkehr, nach rechts, dorthin, wo der Himmel gerade noch ein bißchen heller war.

Nun bilde ich mir ein, daß dies ein schöner Moment sei, und weiß zugleich, daß dieser Moment viel zu umständlich ist, um schön sein zu können, daß die Umstände, die zu ihm geführt haben, viel zu verkorkst sind, als daß er schön sein könnte. Ich hätte nur gerne, daß dies ein schöner Moment wäre, und von außen betrachtet und im Prinzip könnte sich ein schöner Moment durchaus daraus ergeben, in der allgemeinen Friedlichkeit der blauen Stunde in ein Zimmer zu treten, in dem das Geliebte auf einem Kingsize-Bett schläft.

Im Schmetterlingshaus im Burggarten fliegen vor allem Morphofalter mit helltürkisfarbenen breiten Streifen auf der Flügeloberseite umher. Sehr schön ist der Film, der in einem Nebenraum gezeigt wird. Darin sieht man:

eine Gottesanbeterin beim Fressen eines Giftfalters;
einen Baumfrosch beim Fressen eines Falters;
Chinesische Eulenseidenspinner bei der Kopulation;
eine hawaiische Spannerraupe beim Fressen einer Fruchtfliege;

einen blauen Waldkäfer beim Fressen einer Raupe, deren Leiche anschließend noch einmal in Großaufnahme gezeigt wird;

Schlüpfen und Flügelausbreiten des Indischen Mondfalters;

einen Blutsauger (Vampirfalter) beim Anzapfen eines Menschen;

einen Süßwasserkrebs auf Rhodos beim Fressen eines Russischen Bärenspinners.

*Rolf Dieter Brinkmann*
*Gedicht*

*Zerstörte Landschaft mit*
*Konservendosen, die Hauseingänge*
*leer, was ist darin? Hier kam ich*

*mit dem Zug nachmittags an,*
*zwei Töpfe an der Reisetasche*
*festgebunden. Jetzt bin ich aus*

*den Träumen raus, die über eine*
*Kreuzung wehn. Und Staub,*
*zerstückelte Pavane, aus totem*

*Neon, Zeitungen und Schienen*
*dieser Tag, was krieg ich jetzt,*
*einen Tag älter, tiefer und tot?*

*Wer hat gesagt, daß sowas Leben*
*ist? Ich gehe in ein*
*anderes Blau.*

Wenn ich mich darüber wunderte, daß es vorbei war, wo doch gar nichts Schlimmes geschehen war, dauerte es nicht lange, bis mir wieder einfiel, daß diese Geschichte insgesamt nicht funktionieren konnte, weil nichts ging, Reden nicht, Vögeln nicht und auch sonst nichts, weil ich ja nicht nur offiziell nicht, sondern bei unseren Zusammenkünften auch als Person nicht existierte.

Es war nichts greifbar Schlimmes geschehen, vielmehr war diese Geschichte an sich das Schlimme.

Damit es doch ginge, dachte ich, müßte alles anders sein: Er müßte sich von seiner Frau trennen, wir müßten miteinander reden können, und auch unser Sexualleben müßte grundlegend umgestaltet werden. Es müßte alles anders sein, dachte ich, dann ginge es. Und dann wäre es wunderbar.

Stop making sense

Ein gutes Jahr später fing die Geschichte noch einmal an, zum dritten Mal; bis zur endgültig letzten Trennung vergingen ein weiteres Jahr und vier Monate; bis sie wirklich vorbei war, verarbeitet und abgelegt, dauerte es noch einmal über ein Jahr, und ein weiteres dauerte es, bevor ich davon berichten konnte. (Alles hat seine Zeit. Die Zeit zum Begreifen ist eine eigene Zeit, eine andere ist die zum Berichten. Während sich etwas ereignet, in der Gegenwart, kann man nicht von den Ereignissen Mitteilung machen, und nachdem sie begriffen sind, müssen sie noch viele Male durchdacht, von allem Unzugehörigen befreit und glattpoliert werden, bis nichts mehr übersteht und kein Übermut der Welt sie anders denn als Geschehnisse der abgeschlossenen Vergangenheit wieder ans Licht holen könnte.)

# Alles

ALLES EREIGNET SICH IN DER GEGENWART, darum versteht man sie nicht. Sie ist zuviel.

So viel geschieht in der Gegenwart, daß man sie nicht erfassen kann. Sie ist die Zeit, die ist, indem sie vergeht, sie ist die Zeit, die man nicht versteht.

Nirgends sonst ist man so dumm wie gegenüber der Gegenwart.

Jedoch erklingt auch Musik nur in der Gegenwart, und damit kann man sie ertragen. Solange die Musik spielt, macht man sich keine Sorgen.

Was die Gegenwart ebenso entschuldigt wie Musik, ist das Glück, denn das ereignet sich ausschließlich in ihr. Selten zwar, aber wenn es sich ereignet, dann hat die Gegenwart plötzlich einen Sinn.

Die Zukunft stimmt heiter, nachdenklich oder verzweifelt, ebenso die Vergangenheit. Der Zukunft wie der Vergangenheit kann mit dem Verstande begegnet werden, in der Gegenwart aber heißt es entweder Handeln oder Sein. Denken nützt nichts, damit bewältigt man die Gegenwart nicht.

Das Glück ereignet sich nicht nur in der Gegenwart, sondern auch außerhalb der Sprache. Es ist kein dauerhafter Zustand, denn man kann nicht lange außerhalb der Sprache bleiben.

Wer nicht spricht, existiert nicht.

Auch das Unglück ereignet sich außerhalb der Sprache. Um es aufzuheben, ist es gut, es in Sprache zu überführen. Allein, es entsteht dadurch nicht automatisch das Glück; durch Überwindung des Unglücks eröffnet man aber dem Glück die Möglichkeit, sich zu ereignen.

Viel wichtiger, als Glücksmomente erleben zu können, das eigentlich Wichtige an der Überwindung des Unglücks (der Auflösung der Neurose) ist jedoch, einen Zustand herzustellen, in dem man der Gegenwart gewachsen ist, also einigermaßen adäquat handeln kann und das Sein nicht in einem fort als problematisch empfindet, so daß man sein kann, ohne darüber nachdenken zu müssen, wer man ist und wer nicht, und warum man ist, wer man ist, und warum man so ist, wie man ist, warum man überhaupt ausgerechnet diese Person sein muß, die sich in einem fort solche Sachen fragt, und nicht eine, die sich nicht in einem fort fragt, wer sie ist und wer nicht, und warum sie ist, wer sie ist, und warum sie so ist, wie sie ist, und so weiter, den ganzen Tag und die ganze Nacht, warum man ist, wer man ist, zu jeder Jahreszeit, warum man nicht jemand anderes ist und warum niemand sieht, wie man in Wirklichkeit ist, warum die anderen nicht sehen, wie man wirklich ist, warum die einen vielmehr gar nicht bemerken, warum man im Frühling, Sommer, Herbst und Winter unsichtbar ist, und warum man so alleine ist, an Weihnachten ebenso wie zu Ostern und an jedem Ort auf der ganzen Welt, so furchtbar alleine, und zwar überall und immerdar, in einem fort und ohne Unterlaß, in einem fort und ohne Unterlaß, immerfort und immerdar.

Musik ereignet sich ebenfalls nicht nur in der Gegenwart, sondern ebenfalls außerhalb der Sprache.

Sie ist wie das Glück, und darum ist es ein Glück, daß es Musik gibt, ein großes Glück. Wenn man nicht glücklich ist, kann man sich in die Musik begeben und sich, solange sie währt, immerhin so fühlen, als sei man glücklich.

Was Musiker herstellen, kann man nicht sehen und nicht greifen. Musik ist die einzige Kunst, die man im Liegen und mit geschlossenen Augen aufnehmen kann. Es ist kein einzelnes Sinnesorgan, das die Musik aufnimmt, sondern der ganze Körper, indem die Musik ihn umschlingt, umschließt, ganz und gar, als wäre er in Wasser getaucht, und dann kann der Körper nicht anders und muß der Musik folgen, wie Strömungen im Wasser, ohne eigenen Willen; der Körper kann der Musik keinen Widerstand leisten. Die Musik dringt von außen heran und verbindet sich sofort mit dem Gefühl, dessen emsigste Rezeptoren in den Ohren sitzen. In Wahrheit ist aber der ganze Körper das Aufnahmegerät für die Musik, vielmehr das Entgegennahmegerät. Denn Musik ist etwas, das einem gegeben wird und das man aufnehmen muß. Man kann die Aufnahme nicht verweigern. Die Ohren kann man nicht verschließen. Nur die Sinne.

(Amateurmusiker können Musik behandeln wie eine materielle Sache; sie können sie schlecht machen, indem sie schlecht spielen, und dann ist die Musik kaputt. Denn falsche Töne kann man nicht reparieren, falsche Harmonien nicht entgraten, einen falschen Rhythmus nicht auswuchten; miteinander Musizieren bedeutet etwas anderes und ist viel mehr, als sich im selben Moment an derselben Stelle der Partitur zu befinden.)

Barack Obama sagte bei der Amtseinführung: »This is our moment«. Das wirkte darum so groß, weil es die Gegenwart nicht gibt, er aber eine Gegenwart erzeugte, indem er sie benannte.

Sigmund Freud teilt in der »Neue[n] Folge der Vorlesungen zur Einführung in die Psychoanalyse« mit:

> Im Es findet sich nichts, was der Zeitvorstellung entspricht, keine Anerkennung eines zeitlichen Ablaufs und, was höchst merkwürdig ist und seiner Würdigung im philosophischen Denken wartet, keine Veränderung des seelischen Vorgangs durch den Zeitablauf. Wunschregungen, die das Es nie überschritten haben, aber auch Eindrücke, die durch Verdrängung ins Es versenkt worden sind, sind virtuell unsterblich, verhalten sich nach Dezennien, als ob sie neu vorgefallen wären. Als Vergangenheit erkannt, entwertet und ihrer Energiebesetzung beraubt können sie erst werden, wenn sie durch die analytische Arbeit bewußt geworden sind, und darauf beruht nicht zum kleinsten Teil die therapeutische Wirkung der analytischen Behandlung.*

---

* Sigmund Freud: Neue Folge der Vorlesungen zur Einführung in die Psychoanalyse. 31: Die Zerlegung der psychischen Persönlichkeit. – In: Ders.: Studienausgabe. Bd. 1. Frankfurt am Main: S. Fischer 1969; [11]1989. S. 511.

ALLES, WAS MAN TUT, UM GELIEBT ZU WERDEN, ist umsonst getan. Umsonst in allen Bedeutungen des Wortes: vergebens getan und ohne daß eine Gegenleistung gewährt würde. Es war ja keine Handlung gefordert worden. Und daß jemand mit Liebe auf etwas reagiert, was er nicht wollte und nicht forderte, ist nicht zwangsläufig, sondern eher unwahrscheinlich. Denn auf die Gefühle der anderen hat man keinen Einfluß. Die muß man hinnehmen. Man kann sie gutheißen oder ablehnen, man kann sich über sie freuen oder sich über sie ärgern; sie ändern zu wollen, ist ein schweres und ganz sicher ein dummes Unterfangen. Denn nur auf sich selbst kann man Einfluß nehmen, nicht auf die anderen. Geliebt wird man nicht für die Dinge, für die man geliebt sein will oder von denen man glaubt, daß sie die Liebe der anderen verdienen, sondern für ganz andere. Und welche das sind, darauf hat man keinen Einfluß.

Wenn ich geliebt werden wollte, stellte ich mich tot.

Indes ist alles, was man aus Liebe tut, wohlgetan und nie umsonst. Denn die Handlung erschöpft sich in sich selbst. Man freut sich am Handeln, daran, seine Liebe in Handlung verwandeln zu können, und denkt weiter nicht darüber nach. Sondern handelt, und die Handlung bedeutet nur sich selbst. Alles, was später folgt, ist eine Überraschung, denn es ging ja nicht darum, daß etwas folgen soll. Wer etwas aus Liebe tut, erwartet keine Gegenleistung.

# Das endgültige Ende der Geschichte

ENDE APRIL hatten wir uns wiedergesehen. Vorher hatten wir uns wochenlang nicht gesehen. Wenige Tage vor diesem Wiedersehen hatte ich heulend meinen Füller leergeschrieben beim Versuch, ihm zu erklären, wie schrecklich andauernde sexuelle Frustration ist. Als wir uns wiedersahen, sagte ich ihm das. In kurzen Sätzen. Wie stets. Es hat, wie immer, nichts genützt.

Vorher hatte ich ihm schon gesagt, daß ich in zwei Wochen für zwei Wochen wegfahren würde und es schön wäre, wenn wir uns bis dahin oft sehen würden. Zwei Tage später rief ich ihn an, er ging nicht ans Telefon. Weitere drei Tage später rief ich noch einmal an, er ging wieder nicht ans Telefon, und mir kam plötzlich die Idee, ihn einfach gar nicht mehr anzurufen. Ich dachte, gar kein Sex könne nicht schlimmer sein als schlechter Sex.

Das tat ich dann auch.

Und so war es dann auch.

Ich rief gar nicht mehr an. Es war ganz leicht.

Und ohne Sex war es nicht nur nicht schlimmer, sondern sogar viel besser als mit dem schlechten Sex der vorangegangenen Jahre.

Ich fuhr dann doch nicht weg. Nicht seinetwegen habe ich die Reise nicht unternommen, aber daß ich zuhause sein und dabei von ihm bestimmt nicht angerufen werden würde, weil er ja denken mußte, ich sei verreist, fand ich vorteilhaft, weil auf diese Weise bis zu einem möglichen Anruf von ihm eine längere Zeit verstreichen würde, welche mir dazu dienen würde, mich daran zu gewöhnen, daß er nicht mehr zu meinem Leben gehörte, womit das Ende dieser Geschichte keine Idee bleiben, sondern sich zu einer Tatsache würde verfestigen können. Allerdings glaube ich, daß er sowieso nicht mehr hatte anrufen wollen. Diese Geschichte wurde nicht beendet, weder von ihm, noch von mir, sondern war an ihr Ende gekommen.

Es war dies nicht die erste Trennung. Zweieinhalb Jahre zuvor hatte es schon einmal eine gegeben. Die hatte ich aber nicht gewollt und sie darum nach einem guten Jahr wieder aufgehoben. Und die allererste Trennung hatte gut sechzehn Jahre vorher stattgefunden und elf Jahre gehalten.

Mehrere Monate lang war ich froh. Meine Arbeit machte mir Freude und mein Leben auch. Für die Geschlechterspannung reichten mir in dieser Zeit die in unregelmäßigen Abständen eintreffenden E-mails eines Mannes, den ich im Februar kennengelernt hatte und nie wiedersehen sollte, obwohl diese Mails ausschließlich vom von beiden Seiten geteilten dringenden Bedürfnis, sich wiederzusehen, handelten. Weil dieser Mann nicht aus der Hüfte kam, verbat ich mir Ende Juni weiteren Kontakt.

Ende September sah ich ihn, also IHN, vor einem Konzert wieder. Er kam auf mich zu, langte mir an den Arm, ging weiter, und als er sich etwa einen halben Meter von mir entfernt hatte, zog ich mein Telefon aus der Tasche, um ihn anzurufen. In der Konzertpause suchte ich nach ihm und fand ihn auch. Ich fummelte an ihm herum und fragte, ob ich ihn in drei Wochen, wenn ich aus Rußland zurück sei, anrufen dürfe. Er bejahte. Ich war glücklich. Es würde bald alles wieder so sein wie vorher, dachte ich.

Nach meiner Rückkehr aus Rußland rief ich ihn nicht an, sondern schrieb ihm einen Brief, um mitzuteilen, daß ich nicht anrufen würde, weil diese Geschichte jetzt einmal zu Ende sein solle.

Danach begann das Elend.

Der Schmerz über das Ende dieser Geschichte setzte also erst mit einiger Verzögerung ein.

Er dauerte über ein halbes Jahr, bis in den nächsten Frühling.

Etwa im November rief er an und sagte zur Begrüßung: »Nicht, was du denkst«. Er wollte nur eine Telefonnummer wissen. Ich hatte mich über die Begrüßung geärgert, denn woher wollte er denn wissen, was ich denke? Trotzdem fragte ich ihn, wie es ihm gehe und so weiter; das beantwortete er gereizt mit »prima«, und ich ärgerte mich noch mehr, weil ich mich um ein normales Gespräch bemüht hatte.

In den Tagen vor Weihnachten schrieb ich ihm einen Brief, um die Trennung rückgängig zu machen, schickte ihn aber nicht ab.

Anfang Januar, als es mir schrecklich schlecht ging, aber nicht mehr ganz so schlecht wie Mitte Dezember, wollte ich gerne mit ihm sprechen. Ich versuchte zweimal, ihn anzurufen, aber er ging nicht ans Telefon.

Mitte März lief ich ihm wieder vor einem Konzert über den Weg. Während des Konzerts hörte ich nichts von der Musik, sondern dachte in einem fort, daß wir nur einmal miteinander sprechen müßten, denn es könne doch nicht sein, daß das nicht einzurenken wäre und so weiter. Ich wünschte mir, daß alles wieder genauso wäre wie vorher, nur ganz anders. Same same, but different.

Kurze Zeit darauf begriff ich, daß das Verhältnis mit ihm nicht einfach neurotisch, sondern an sich eine Neurose gewesen war, denn unsere Neurosen entsprachen einander vollkommen.

Wenn wir zusammen waren, dann war Neurose.

Jedoch waren wir nicht sehr oft zusammen, darum hatte das so lange dauern können: ich hatte jeweils genug Zeit, mich vom Aufenthalt in der Neurose zu erholen und mich auf den nächsten zu freuen. Ich hatte mich nämlich in den Jahren, die dieses Verhältnis währte, in einem fort glücklich geglaubt.

(Weil meiner Neurose entsprochen wurde.) Dieses Glück hörte erst auf, als die sexuelle Frustration nicht mehr zu ertragen war. Bevor ich begriff, daß das Verhältnis mit ihm kein Glück war, sondern Neurose, hatte ich, aus Sehnsucht nach meinem Symptom, jedesmal, wenn ich ihn wiedersah, sofort gewollt, daß alles wieder so wäre wie vorher.

Er war mein Symptom und ich war seins.

So war das.

# Heiteres Zwischenspiel

## PANORAMA-BAR IM BERGHAIN. ET IN ARCADIA EGO.

Tanzen auf Beton zu Musik aus Beton. Sie birgt auch Melodien, diese Musik, doch ist ihr Rhythmus gnadenlos, und ihre Bässe bringen das Blut zum Sprudeln. Wenn man nicht tanzt, muß man sich das Herz festhalten, damit es nicht aus der Brust springt. Besser ist, man tanzt, um das alles auszuhalten, diese Lautstärke, diese Bässe, diesen Rhythmus. Natürlich könnte man weggehen, aber dann hätte man gar nicht erst zu kommen brauchen.

Das Tanzen auf Beton zur Musik aus Beton ist mehr ein Wippen und Hüpfen auf Beton. Das Wippen bei leicht gebeugten Knien mit den Sohlen fest am Boden ist ein sehr gutes Training für die Oberschenkelmuskulatur, das Hüpfen jedoch gar nicht gut für die Wirbelsäule, es sei denn, man trüge Schuhe mit extradicken luftgepolsterten Gummisohlen. Dem Muskelkater in den Oberschenkeln wird sich einer im Nacken beigesellen. Sehr bedenklich. Was wird wohl geschehen, wenn eines Tages die Bandscheibe zwischen dem dritten und vierten, es könnte auch die zwischen dem vierten und fünften Halswirbel sein, aber ein oder zwei Halswirbel, das mußt du wissen, sind bereits verschlissen, wenn also diese Bandscheibe sich endgültig verabschiedete? Lähmung vom Hals abwärts? Oh weh! Oh weh!

Tanzen auf Beton ist eher was für die jungen Leute. Das stört uns aber nicht, weil, wir sind ja im Herzen jung, sowieso, bloß der Körper ist halt schon älter und das Streben nach Freiheit von Schmerzen schon wichtiger geworden als der Sexualtrieb. Wäre es anders, könnten wir aufregende Dinge erleben in diesem betonierten Raum, der einmal einen Industriebetrieb beherbergte, wovon alles zeugt, was man im Dunkeln von ihm sehen kann. Manchmal gehen Scheinwerfer an, dann sieht man mehr. Hätte der Sexualtrieb uns also noch so imperativ in seinen Krallen wie vor zwanzig Jahren, würden wir uns nicht durch Wippen und Wassertrinken gegen Krach und Beton wehren, sondern Drogen nehmen, vielleicht auch nur Alkohol, um uns zu enthemmen. Sobald wir enthemmt genug wären, würden wir nacheinander mit drei verschiedenen Personen herumknutschen, um schließlich mit der letzten dieser Personen in einer dunklen Ecke des Raumes den Geschlechtsakt zu vollziehen. Das verwirrte uns allerdings dermaßen, daß wir schnell verschwänden, nachdem diese Person, von der wir weiter nichts wüßten, als welchem Geschlecht sie angehört, das aber sicher, ihrerseits schnell verschwunden wäre. Aufs Unisex-Klo, hätte die Person gesagt. Wir würden den Moment nutzen, um unsererseits hinauszuhasten, es wäre sechs Uhr morgens, es wäre hell, die gelben Lichter vieler Taxis leuchteten grell. Wir sähen das nur aus den Augenwinkeln, während wir zur S-Bahn rennten, schnell, in vertrautes Gefilde, das heißt, uns vom Acker machten, fort, nur fort, weit fort (nach Hause). Das wäre dann schmutziger Sex gewesen, nicht wahr? Beziehungsweise »anonymer Sex«, das ist der Fachausdruck. Ein roher Akt, aber keiner der Roheit! Ficken auf Beton halt, Sex im Krach. Wir wären um ein Erlebnis reicher. Von dem würden wir den Enkeln nicht erzählen wollen, sollten wir einmal welche haben, doch könnten wir davon zehren, weil wir mit Gewißheit wüßten, auch einmal jung gewesen zu sein.

MORGEN FANG' ICH AN, ich weiß schon, wie. Jede Nacht liege ich im Bett und denke daran, daß ich morgen anfangen werde, weil ich schon weiß, wie.

# Amerika, Europa, Literaturwissenschaft und sexuelle Dinge

SCHÖN WÄRE ES, keine Ureinwohnerin des alten Europas zu sein. Denn auch nach dem Ende des amerikanischen Jahrhunderts sind die Vereinigten Staaten von Amerika ein junges Land ohne Schlösser/besser und ist Europa weiterhin das Alte/Basalte, in dem solche Figuren/eure Kinder wie Doc Sportello ebensowenig vorkommen wie das Leben am Strand.

Doc Sportello ist die Hauptfigur des Romans »Inherent Vice« von Thomas Pynchon. Das Motto dieses Romans lautet:

*Under the paving-stones, the beach!*
GRAFFITO, PARIS, MAY *1968*

Das Ausrufezeichen wirkt ganz amerikanisch in seinem Enthusiasmus. Vielleicht ist es auch nur ein Verweis auf den Enthusiasmus des Jahres 1970, die Zeit der Romanhandlung.

Neunzehnhundertsiebzig ist lange her. Und weil wir diese Parole noch länger schon kennen, macht sie uns müde. Für uns ist sie geradezu alteuropäisch und eine sachliche Feststellung geworden:

*Sous les pavés, la plage.*
*Unter dem Pflaster liegt der Strand.*

Dabei spielt der Roman, dem sie als Motto voransteht, im kalifornischen Los Angeles, so weit weg von Europa, wie es nur geht, und eigentlich paßt sie dort gar nicht hin, weil es in Los Angeles keine Pflastersteine gibt, sondern nur den endlosen Asphalt der Freeways. Dafür lebt man aber tatsächlich am Strand.

Das ist der Unterschied.

Vielleicht wird der Strand gerade planiert, und vielleicht ist Charles Manson daran schuld, im Verbund mit Immobilienhaien und anderen finsteren Gestalten, die den amerikanischen Traum verraten, indem sie ihn verfolgen, das kann man nicht wissen, aber noch fährt Doc Sportello, ein Nachfahr Philipp Marlowes, immer an den Strand zurück.

Das Beneidenswerte an Pynchons »Inherent Vice« ist nicht, hängt aber mit dem, was es ist, zusammen, das Beneidenswerte ist nicht das kalifornische Leben am Strand, während wir in Europa auf Pflaster gehen (sogar im auf märkischen Sand gebauten Berlin, einer amerikanisch jungen Stadt, ist das so), sondern daß da einer hinausgeht und etwas tut, und zwar aus eigenem Antrieb. Daß der von sich aus handelt und agiert. Dies zu tun, gehört zum Wesen der Bewohner der Vereinigten Staaten von Amerika: losgehen und mal schauen, was geht, was läuft, was man tun kann WHASSUP? (und dann tut man auch wirklich was).

Wir hier in Europa dagegen erleiden immer etwas, beschäftigen uns dann ausführlich mit dem, was uns zugestoßen ist, und fragen uns, wie es so weit kommen konnte. Wir versuchen nicht herauszufinden, was da draußen los ist, sondern, warum es so ist, wie es ist. Denn was es ist, wissen wir sowieso, weil wir das da draußen schon so lange kennen und es immer schon vor uns da war, während die Amerikaner die ersten waren, die ihr Land kennengelernt haben. Also versuchen wir herauszufinden, wie wir durch das da draußen hindurchkommen und das von dem da draußen Erlittene aushalten können.

EXKURS (DESIDERATUM): Es wäre interessant zu erfahren, ob die noch verbliebenen Ureinwohner Amerikas eine andere Art von Romanen schreiben als die Nachfahren der Eroberer; ob das eher europäische Romane sind, also solche, die von dem handeln, was erlitten wurde, statt davon, sich eine neue Welt zu erschließen. EXKURSENDE.

Man kann es sich ja nicht aussuchen. Man muß ja dort bestehen, wo man hingestellt wurde. Natürlich könnte man von dort weggehen und sich irgendwo anders hinstellen. Dort müßte man dann aber erst recht bestehen, denn man hätte es sich ja selber ausgesucht, und versagte man dort, dann wäre das viel schlimmer, als wenn man dort versagte, wofür einen das Schicksal bestimmt hatte.

Deswegen stellen sich die wenigsten selber irgendwohin, sondern bleiben lieber dort stehen, wo sie hingestellt wurden. Wenn sie dort nicht bestehen, können sie ihr Schicksal verfluchen, was sie nicht könnten, wenn sie sich ihr Schicksal selbst gewählt hätten. In diesem Falle müßten sie sich nämlich selbst verfluchen. Und das ist schlimm.

Ja, so ist es. So ist es doch! Jetzt sage einer, daß es nicht so sei. Da würde der aber lügen. Was würde der da lügen!

So ist es, und so war es von allem Anfang an, denn Odysseus war zwar lange da draußen unterwegs und hat sich listenreich seinen Weg gebahnt, aber er wollte nicht in die Fremde, sondern nach Hause. Wollte nicht ins Neue, sondern zurück ins Alte. Sein Ziel war heim ins süße Heim, und sein Sieg bedeutete nicht, sich einen neuen Kontinent erschlossen zu haben, sondern bestand darin, wieder bei seinem Weib im ehelichen Bett zu liegen.

So war es, und so ist es geblieben: »Wo gehen wir denn hin? / Immer nach Hause« schreibt Novalis im Verlauf seines unvollendet gebliebenen Romans »Heinrich von Ofterdingen«, in dem gleich auf der ersten Seite von der Sehnsucht nach der blauen Blume die Rede ist. Wenn ich das mal kurzschließen darf, dann bedeutet das, daß eine Sehnsucht nach der Ferne und dem Vollendeten sehr wohl vorhanden ist (vgl. Goethe), allein, die Erforschung der Welt da draußen führt einen dann doch zu dem Schluß, daheim sei es am schönsten.

So war es, und so ist es geblieben: »Lire, c'est voyager; voyager, c'est lire.« Dieser Satz wird Victor Hugo zugeschrieben. »Lesen heißt Reisen« bedeutet: Was da draußen ist, steht alles schon in den Büchern drin (fragt sich nur, wer die geschrieben hat). Und »Reisen heißt Lesen« bedeutet: Was man da draußen sieht, ist nur von Interesse, sofern man es auf einen Text zurückbeziehen kann.

Freilich gehen auch wir Europäer manchmal hinaus, aber nicht, um die Welt zu erforschen, sondern weil uns der Sexualtrieb dazu zwingt. Solange das Inzesttabu noch fest in uns steckt, gibt es keinen anderen Grund, das Haus zu verlassen und es nicht vom allerersten Anfang an daheim am schönsten zu finden. Jedoch hat die Unterwerfung unter diesen Trieb viele unerfreuliche Begleiterscheinungen:

### THEY CAN'T TAKE THAT AWAY FROM ME

Wie zart er die Dinge in die Hand nimmt, alle Dinge, jedes Ding. So zart wie einen Schmetterling. Als wolle er die Dinge nicht erschrecken und ihnen nicht wehtun. Es brach mir jedesmal das Herz, wenn ich das sah. Am liebsten hätte ich ihm immerzu irgendwelche Dinge in die Hand gegeben, nur um zu sehen, wie zart er mit ihnen ist.

Wenn er einen Schmetterling in die Hand nimmt, dann drückt er ihn an einer bestimmten Stelle; dadurch wird der Schmetterling betäubt. Dann schaut er ihn sich genau an. Weil er immer alles auf einmal sieht, dauert es nicht lange, bis er entschieden hat, ob er den Schmetterling behalten will oder nicht. Wenn nicht, macht er die Hand auf und läßt ihn fliegen, sobald die Betäubung nachläßt. Wenn doch, dann macht er das Glas mit dem Giftgas auf und legt ihn zu den anderen.

Er korkt das Glas sofort wieder zu, und nach wenigen Sekunden ist der Schmetterling tot.

Auch an mich legte er immer so zart seine Hand, zum Beispiel, um zu überprüfen, ob mein Geschlecht schon bereit sei, seines zu empfangen, oder um mich in eine für ihn angenehme Position für den Geschlechtsakt zu bringen. Manchmal, aber nur ganz selten, hat er mich auch gestreichelt mit seinen zarten Händen. Ich habe das natürlich kaum gespürt, eben weil es so zart war.

Einmal, das einzige Mal, daß ich mit ihm draußen war bei den Schmetterlingen, hat er mir eine Zikade gefangen, das war ein Tier aus einer fernen Zeit. Ihr Panzer war vor Jahrtausenden schon entworfen worden. Er sagte, daß man sie meistens gar nicht sehe und darum auch nicht fangen könne, und als sie ruhig auf seiner Hand sitzenblieb, sagte er, sie sei wahrscheinlich schwanger und dadurch etwas benommen, normalerweise bleibe eine Zikade nicht so ruhig sitzen. Diese aber hielt lange genug still, damit ich, die ich auch alles sehe, so etwas aber zum ersten Mal erblickte, sie genau betrachten konnte. Schließlich flog sie doch davon, und ich setzte mich in die Wiese. Dort stachen mir giftige Insekten in die Beine. Aus den Stichen wurden große Blasen, die später verschorften, und als der Schorf abfiel, dachte ich, nun sei die letzte Erinnerung an ihn von mir abgefallen. (Während ich in der Wiese saß und ihm beim Schmetterlingsfangen zusah, wies er mich auf ein Schmetterlingspaar hin, das »in copula« flog; so lernte ich einen interessanten Fachausdruck.)

Um die unerfreulichen Begleiterscheinungen des Sexualtriebs zu minimieren, gehen manche ganz pragmatisch mit ihm um, das heißt, sie gehorchen ihm zwar, eliminieren aber seine üblen Folgen:

## DIE SCHWULEN BUBEN

Mit A und seinem guten Freund P am Dienstagabend vor der Eisdiele. P erzählt, daß er in dieser Woche noch zweimal Sex haben werde. Morgen werde er sich mit H treffen, der Besuch von jemandem habe, den er über die Website »Gay Romeo« kennengelernt habe. Sie würden dann wieder einen Dreier machen. Das hätten sie am Sonntag schon einmal gemacht, und das sei wirklich gut gewesen. P berichtet das so sachlich, als habe man ihn um Rat bei einem Haushaltsproblem gefragt. Weiter berichtet er, daß er sich in zwei oder drei Tagen mit U treffen werde, mit dem er, wie mit H, ein Fickverhältnis pflege. Mit U werde er vorher etwas unternehmen. Mit H sei es schwierig, sich vor und nach dem Akt wenigstens eine halbe Stunde zu unterhalten, mit U hingegen sei das kein Problem. P ist, wie wir alle, über vierzig Jahre alt.

Wenn man schon weiß, was da draußen ist, kann man nicht plötzlich so tun, als wüßte man es nicht. Man könnte aber aufhören, dem da draußen einen Sinn geben zu wollen. Löst man sich nun vom Versuch der Sinngebung, dann kommt vielleicht so etwas dabei heraus:

## LIEBESKUNDE

Essen ist der Sex des Alters. In der Luft herumgeworfen werden ist der Sex der kleinen Kinder. Sport ist der Sex der mittleren Jahre. Oder Pornographie. Geschlechtsverkehr ist der Sex der jungen Leute. Oder Tanzen. Musik ganz allgemein ist der Sex der jungen Leute, aber auch der alten und der mittleren Alters. Nur vielleicht der Kinder nicht. Es handelt sich in den verschiedenen Altern jeweils um verschiedene Arten von Musik. Ebenso kann Arbeit Sex sein: von der späten Jugend bis in die mittleren Jahre, in manchen Fällen auch im Alter.

Sex ist der Sex des Sexes. Dativisch: Sex ist dem Sex sein Sex. Humorig: Sex und Sex ist Sex. Anders humorig: Sex mal Sex ist Sex. Ein Sextant hat mit Sex nichts zu tun. Auch eine Sexte nicht, ebensowenig ein Sextaner, obwohl für den bald die Zeit kommt, da er ganz unbedingt etwas mit Sex zu tun haben will, wobei ihm zugleich dieser und überhaupt das alles ziemlich unheimlich sein wird. Ein Sextant ist ein Meßinstrument, mit dem man den Höhenwinkel eines Gestirns bestimmen kann, was man tut, wenn man auf See, gelegentlich auch in den Bergen oder an anderen abgelegenen Orten, astronomisch navigiert. Bei der astronomischen Navigation bekommt man keine irgendwie erhabenen Gefühle und wird innerlich ganz weich, wenn man den Sternenhimmel betrachtet, sondern setzt sich in ein rationales Verhältnis zu ihm. Für ein aufregendes Sexualleben ist ein solches Verhältnis zum gestirnten Himmel über mir nicht unbedingt förderlich (auch das moralische Gesetz in mir ist dabei nicht immer hilfreich), denn wenn man sich keine rein sexuelle Beziehung wünscht, sondern eine mit Liebe dabei, kann etwas Romantik statt Rationalität nicht schaden, wenigstens am Anfang. Heute navigieren Schiffe mit dem Global Positioning System (GPS), aber einen Sextanten muß man auf einem Schiff trotzdem benutzen können. Sollte nämlich das GPS mal ausfallen, wäre man auf See verratzt und wüßt' nicht, wo man wär', und wo wär' man dann? Eine Sexte ist keine Sekte, und diese wiederum hat nichts mit Sekt zu tun, welcher auf englisch »champagne« heißt. Bei uns hier darf aber nur der in der Champagne erzeugte Bitzelwein Champagner heißen; der an anderen Orten Frankreichs erzeugte heißt *vin mousseux.* Es gibt auch *vin crémant*, und der kann auch gut schmecken, aber die Bezeichnung läßt einen doch eher an Schlabberzeug denken, statt an Wein. Wobei es viele Leute gibt, die alkoholische Getränke durchaus als Schlabberzeug betrachten. Weil sie es so gerne schlabbern. Andere würden sagen, sie saufen es, sie selbst aber nicht. Als Alkoholikerin hat man, bevor einen die Krankheitseinsicht ereilt, ein sehr liebevolles Verhältnis zu seinem Suchtstoff. Darum belegt eine Alkoholikerin alkoholische Getränke gerne mit Kosenamen und verwendet auch für ihren Konsum solche niedlichen Wörter. »Schlabberzeug« bedeutet für verschiedene Menschen Verschiedenes. Wer bei *vin crémant* an Weincreme denkt, hat ein Problem mit dem Süßkram, und wer ans Trinken denkt, eins mit dem Alkohol. Jeder schlabbert seins. Unterschiedenes ist gut.

Wie lange ist das durchzuhalten? Wie lange für die Schreiberin, wie lange für den Leser? Nicht lange. Schon bald kommt der Sinn wieder angekrochen:

### They can't take that away from me

Immerzu bin ich glcklch. Den ganzen Tag lang bin ich glcklch. Ich kann an kaum etwas anderes denken als daran, wie glcklch ich bin – weil es ihn gibt in meinem Leben, diesen einen Mann, der mich begehrt und der mich immer will, auch wenn wir uns nur selten sehen. Aber wenn wir uns sehen, dann will er mich. Und kriegt mich. Denn ich will das ja auch. Also, daß er mich will, das will ich, weil mich das doch glcklch macht!, und damit er mich immer weiter will, kriegt er mich jedesmal, wenn wir uns sehen und er mich will, einmal die Woche, eher alle zwei Wochen. Oder noch seltener. Und in der Zwischenzeit bin ich glcklch, immerzu glcklch. So glcklch!

Der gestirnte Himmel über mir, unter dem schon Odysseus navigierte, und das moralische Gesetz in mir, über das ich mich manchmal wundern muß. Das alte Europa in mir und Amerika jenseits des Atlantiks.

73

Nun ein besinnliches Ende:

THEY CAN'T TAKE THAT AWAY FROM ME

Unter meinem Ohr schlägt sein Herz. Mein Ohr liegt in seiner Schulterbeuge, und sein Herz ändert die Schlagzahl, während ich ihm zuhöre. Wir liegen ganz eng beieinander, und um noch enger beieinander zu sein, haben wir unsere Hände jeder auf den Körper des anderen gelegt. Wir halten uns umfangen, und ich denke daran, daß unsere Leiber warm sind und es eines Tages nicht mehr sein werden. Und daß es vor uns schon viele gab, deren Leiber auch warm waren und die nun ganz verschwunden sind von der Erde. Die lebten in ihrer Zeit, und diese ist unsere; es ist keine Zeit eigentlich, sondern ein bestimmter Moment, der enden wird, sobald unsere Herzen aufhören zu schlagen, worauf unsere Leiber sehr schnell kalt sein werden.

An diesem Ort und in dieser Zeit sind wir, beides gehört uns.

Am selben Ort werden später andere sein mit warmen Leibern und werden sich halten und ihren Herzen lauschen.

# Die Entwirrung des Knotens

Es fanden keine weiblichen Orgasmen statt, weder klitorale noch vaginale. So gut wie keine. In fünf Jahren vielleicht drei; wirklich erinnern kann ich mich allerdings nur an einen. Aber es fand permanent sexuelle Stimulierung statt, die, weil nie aufgelöst, zu einem stetigen, dringenden Wunsch nach weiterer sexueller Stimulierung führte, denn wie dem Esel die Mohrrübe vors Maul gehängt wird, damit er weitergeht, so vergrößerte sich infolge der andauernden Stimulierung die Spannung der weiblichen Teilnehmerin der sexuellen Vorgänge ins Unendliche, und es wurde ihr ein befriedigender Abschluß dieser Vorgänge bald zum größten Bedürfnis, zumal er stets in unmittelbarer Reichweite zu sein schien. Darum verlangte sie ausdauernd nach Wiederholung dieser sexuellen Vorgänge. Das hätte sie womöglich nicht getan, hätten sich auch für sie Orgasmen ereignet.

Weniger neutral: Wie für den Esel, dem man, damit er weitergeht, eine Mohrrübe vors Gesicht hängt, die er nie erreichen kann, ist es für eine Frau, wenn sie beim Vögeln nie kommt. Wenn sie deswegen nie kommt, weil der Mann zu schnell ist und immer schon gekommen ist, wenn die Frau gerade anfängt, wirklich Lust zu haben. Auf diese Weise ist die Frau dann immer mittendrin im Vögeln. Immer angegeilt, immer darauf erpicht, es einmal zu Ende zu bringen. Darum läuft sie dem Mann dann hinterher. Nicht, weil der so toll vögelt, sondern weil der so beschissen vögelt. Darum läuft sie ihm hinterher, aus sonst keinem Grund.

Darum lief ich ihm hinterher, aus sonst keinem Grund.

Dieses Verhältnis dauerte so lange, weil es meiner Neurose entsprach. Nicht das Es hatte es so gewollt, sondern das Ich, nicht das Unbewußte hatte es so gewollt, sondern ich. Das Ich war höchst zufrieden, und wenn die sexuelle Frustration nicht gewesen wäre, hätte ich dieses Verhältnis nicht beendet, sondern gerne bis ans Ende meiner Tage fortgeführt. Denn es gab einen Mann in meinem Leben, aber keinen Mann an meiner Seite. Ich mußte nie als Teil eines Paares in Erscheinung treten, mich also nie als Frau zu erkennen geben (das wäre eine Niederlage gewesen), sondern konnte immer für mich bleiben, als ein Mensch. Allein und einzig, ein Mensch. (Keine Frau.)

Die Frustration jedoch war ein deutlicher Hinweis darauf, daß etwas nicht stimmte. Ohne Neurose wäre ein sexuell frustrierendes rein sexuelles Verhältnis gar nicht möglich gewesen, denn da wäre der Sex kein Symptom gewesen, sondern ich hätte ihn um seinetwillen betrieben, und wenn man Sex will, dann doch gewiß keinen frustrierenden.

Ohne Neurose hätte es guten Sex gegeben. Vielleicht nicht in einem fort, aber zumindest hätte ich ohne Neurose schlechten Sex nicht in einem fort wiederholen wollen.

Ohne Neurose hätte ich mich womöglich gar nicht so sehr für Sex interessiert, denn da wäre er Teil einer Beziehung gewesen und kein Symptom.

Ohne Neurose hätte ich kein heimliches Verhältnis mit einem notorischen Ehebrecher, der in ständiger Angst vor seiner Frau lebt, gepflegt und verteidigt.

Ohne Neurose hätte es ein normales Liebesleben gegeben.

Mit jemand anderem.

Ist ja klar.

ANKUNFT IN ISRAEL

an der Paßkontrolle sind die Leute so verängstigt, daß sie nicht wagen vorzutreten, bevor sie ausdrücklich dazu aufgefordert wurden

und dann ist es gar nicht schlimm

die junge blonde Zöllnerin (die gerade in ihrer Handtasche herumräumte) fragt mich, wie ich meinen Namen ausspreche, warum ich in Israel bin, wo ich übernachten werde, das ist alles

*Tel Aviv*

in einem Billigschuhgeschäft sitzen sich zwei Männer im Gespräch gegenüber. jeder hält mit beiden Händen einen großen knallrosa Plüschhausschuh. der eine argumentiert gerade damit, er lenkt ihn wie ein Auto vor sich her                    .

*vor dem Haus Allenby St 82, ca. 14:10 Uhr*

will nicht mehr

Is SCHWER ZU SEIN A JID, ungefähr so muß das aus dem Jiddischen transkribiert werden, und daß es schwer ist, Jude zu sein, liegt daran, daß der Messias noch nicht gekommen ist, aber weiter erwartet wird. Von Bedeutung ist, was man tut und wie man lebt, weil Gott es jedes Jahr ins Buch des Lebens schreibt. Es hat keiner die Sünde von den Juden genommen, sie sind selbst verantwortlich, und zwar vor Gott direkt. Als Jude lebt man in der Gegenwart.

Wie der Staat Israel sich in der Gegenwart befindet. Er ist kein abgeschlossenes Gebilde, es wird weiterhin verhandelt, es werden weiterhin Kriege geführt. Geschichte kann hier nicht betrachtet und bewertet werden, weil die Ereignisse der Geschichte eindeutig noch nicht abgeschlossen sind; man weiß noch nicht, wie das Ergebnis sein wird; man weiß noch nicht, ob dieser Staat bestehen wird.

Darum ist es schrecklich in Israel, darum ist das ganze Land paranoid. Oder nicht paranoid, eigentlich nicht paranoid; die Bedrohung ist real. Aber man hat sie sich qua Staatsgründung selbst geschaffen. Man hat sich durch die Staatsgründung in eine permanente Gefahr begeben. Man kann sich auf diesen Staat nicht verlassen, sondern muß, weil man sich in diesem Staat um sein Leben sorgen muß, selbst für sein Leben sorgen. Muß Verantwortung übernehmen.

Israel ist ein Beispiel dafür, daß die Gegenwart unerträglich ist.

Andere als Juden, die diese Unerträglichkeit von ihrer Religion her schon gewohnt sind, könnten Israel wahrscheinlich gar nicht aushalten. Is schwer zu sein a jid.

MIT DER GANZEN FÜLLE SEINES LEIBES und mit seiner ganzen Kraft in den Tod sich legen wie in einen Berg frisch geschlagene Sahne. So angenehm wäre der Tod. Wie ein Berg frisch geschlagene Sahne.

Es ist gut, dass man sterben darf. Und sehr gut ist, daß der Tod selbst bestimmt, wann er kommt, und es großen Aufwands bedürfte, ihn herbeizuzwingen. Dafür nämlich müßte man handeln: müßte die Art seines Todes wählen und ihn auf diese dann herbeiführen. Man müßte aktiv werden, und das ist sehr viel verlangt von einer, die gerne tot wäre. Das ersehnte Nichtsein würde vollkommenes Nichtstun, Nichtsmehrtun bedeuten; und auch darum wird der Tod ersehnt: um nie wieder aufstehen zu müssen. Planung, Vorbereitung und Durchführung eines Selbstmords jedoch sind keine schönen Arbeiten. Solange man sie scheut, ist man nicht bereit zu sterben.

Unvergleichlich viel einfacher ist das Warten, bis der Tod von selber kommt. Er kommt ja gewiß, man kann sich hundertprozentig auf ihn verlassen. So daß man sich meistens nicht umbringt, auch wenn man es oft gerne täte.

Die meisten machen es so. Sie werden nicht aktiv, sondern warten, bis der Tod von selber kommt.

Der Gedanke jedoch, ihn herbeizwingen zu können, birgt Trost: »Dann bring' ich mich eben um« hilft über manch steile Klippe hinweg, durch manch schwere Stunde hindurch, und wenn du denkst, es geht nicht mehr: die Tür steht immer offen.

Weil der Tod unausweichlich ist, kann man sich trösten in den Zeiten, da es einem lieber wäre, er träte sofort ein. Oder wenn nicht sofort, dann doch, bitte, wenigstens sehr bald. In solchen Zeiten kann man dem Leben immer noch eine Chance geben, was ziemlich gemein ist dem Leben gegenüber, denn es hat ja keine, der Tod gewinnt immer. Das ist wie im Spielcasino, wo auch immer die Bank gewinnt. Alle anderen Gewinne sind marginal und eh nur dem Zufall geschuldet.

Natürlich kommt es gelegentlich vor, daß ein Spieler die Bank sprengt. Wenn sich die Zufälle häufen. Doch wann sie das tun, kann man nicht wissen. Eben darin liegt das Wesen des Zufalls.

Tatsächlich gibt es nichts, womit man den Tod sinnvoll vergleichen könnte. Er ist größer als alles andere. Er ist keine Bank, man kann ihn weder überlisten, noch ausrauben (höchstens überfallen). Doch warum sollte man ihn überlisten wollen? Tot sein ist doch auf jeden Fall viel angenehmer als Nicht-tot-sein.

Zudem ist für die meisten der Tod das Größte, was sie erlebt haben werden, wenn sie nicht an einem Krieg teilgenommen haben (daran ist das Große, daß man dem Tod von der Schippe gesprungen ist) oder wenigstens einmal in ihrem Leben einen richtigen Orgasmus erleben durften (dessen Größe darin besteht, daß er erlösend wirkt wie der Tod).

Statt wie eine ganze Bank mit Giro- und Kreditabteilung, ist der Tod eher wie ein Sparbuch, auf das man so lange einzahlt, bis es reicht. Man zahlt generelle Abnutzung, Depression, falsche Ernährung, schlechte Umweltbedingungen, Krankheiten, Unfälle und ähnliches ein, bis es reicht. Bis dieses Sparbuch so voll ist, daß kein Platz mehr bleibt für irgend etwas anderes. Bis der Tod fett genug ist, um das Leben zu erdrücken. Dann macht es entweder einen Schlag, bumm, oder es entweicht die Luft, pffft. Den Schlag zögen die meisten vor, hätten sie irgendein Mitspracherecht, allerdings sollte dieser Schlag im Schlaf erfolgen, so daß man ihn gar nicht mitbekommt, sollte also ein Schlafschlag sein, poum, weil das dann zwar ein Schlag wäre, gleichzeitig aber doch so, als würde die Luft entweichen, pffft.

Wenn die Luft langsam entweicht, läßt einem der Tod Zeit, sich zu verabschieden. Sofern es jemanden gibt, von dem man sich verabschieden möchte, oder jemanden, der nicht möchte, daß man geht.

NACH DER RÜCKKEHR von den Fernreisen größte Verzweiflung
  nach der Rückkehr aus Israel war ich auch noch eine Woche in Montreal
    von vorne

NACH DER RÜCKKEHR von den Fernreisen größte Verzweiflung
  vollkommene Verlassenheit und vollkommen hoffnungslos
  keine Hoffnung, jemals mit einem Mann in eine innige Verbindung zu treten; keine Hoffnung, jemals mit jemandem ein vertrautes dauerndes Gespräch zu führen; dafür die Gewißheit, mein Liebesleben sei nunmehr beendet; darum keine Hoffnung, jemals wieder mit der Welt in Verbindung zu treten – wenn keine körperliche Verbindung, dann würde es auch keine soziale geben
  keine Hoffnung, jemals in das Grundrauschen des Lebens eingebunden zu sein
    zur größtmöglichen Einsamkeit verdammt

So war das, jeden Tag und jede Nacht.

(Als wäre es je anders gewesen. Als hätte ich mich jemals nicht allein gefühlt, und vor allem: als wäre ich es jemals nicht gewesen. Aber man gewöhnt sich nicht daran, im Gegenteil. Es wird mit der Zeit immer noch schlimmer. Und nach dem Ende einer Liebesgeschichte ist man natürlich besonders allein, denn da ist jeweils der Versuch, es nicht mehr zu sein, ganz eindeutig gescheitert.)

— Peter Gülke über Brahms' »Nänie«: Adam von Fulda, ein mittelalterlicher Theoretiker (?), nannte Musik eine *meditatio mortis*, weil sie verklingt, indem sie erklingt. Wenn laufend frühere Komponisten zitiert werden, dann wäre auch das eine Art *meditatio mortis*; andererseits baut jedes neue Kunstwerk auf vergangenen auf.

→ die Gegenwart ist eine fortwährende Totenklage

— Diana Raffmann: Musik drückt nicht unsere Emotionen aus, sondern bringt uns auf andere. Sie enthebt uns unserer Emotionen. Damit nehmen wir Kontakt zu abstrakten Strukturen auf, weil die Musik auf abstrakten Strukturen beruht.

Es DAUERT SO UNENDLICH LANG, bis man das Leben begriffen hat, und ich fürchte, daß man es richtig erst begriffen haben wird, wenn man stirbt, daß einem im Augenblick des Todes klarwerden wird, worauf es hinauslief, nämlich genau hierauf, auf den Tod. Und dann hat man es begriffen. Wenn man tot ist. Alles begriffen zu haben, bedeutet, tot zu sein.

Am SCHÖNSTEN IST DIE ZUKUNFT, denn in der Zukunft kann alles geschehen. Das ist so großartig, daß viele es gar nicht aushalten und sich vor der Zukunft lieber fürchten, als sich auf sie zu freuen. Wenn man sich nicht fürchtet, kann man jedoch hoffen, und wenn man hofft, ist die Zukunft wunderbar.

Alle schönen Dinge geschehen in der Zukunft.

Wenn die Vergangenheit nicht schön war, dann werden in der Zukunft überhaupt die allerschönsten Dinge geschehen.

Es kann ja nur besser werden.

Und tatsächlich ist es schon besser geworden, wenn die unschöne Vergangenheit vorbei ist.

DER HERBST UND DER WINTER WAREN DIE HÖLLE, da ging es mir dreckig. Weil es mir nie gelungen war, ein gewöhnliches Liebesverhältnis mit einem Mann zu haben, eins, in dem ich existiert und von dem die Welt gewußt hätte, also eins, in dem ich so gewesen wäre, wie die Welt mich kennt, oder, eher noch, so, wie ich selbst mich kennen möchte. Ein Verhältnis, das nicht aus sich selbst bestanden hätte, aus einem stetigen Wechsel von Zweifel und Jubel, sondern in dem es einen gemeinsamen Alltag gegeben hätte. *Und wer's nie gekonnt, der stehle / weinend sich aus diesem Bund.* Den blöden Alltag mit jemandem zu teilen, die täglichen Winzigkeiten, den Fortgang des Lebens in Millimetern gemeinsam zu verfolgen und zu besprechen – soweit war es nie gekommen. Nie. Ich beneidete alle um ihre Ehen, und es schien mir, als sei ich ausschließlich von glücklichen bis sehr glücklichen Paaren umgeben. *Who's gonna drive you home?* Aber wer ruft den Arzt, wenn ich einmal früh aufwache und gelähmt bin?.

Seit ich dreißig war, wirklich genau seit meinem dreißigsten Geburtstag hatte ich ausschließlich mit bereits verbandelten Männern zu tun. Natürlich war mir das in den vielen Jahren, die es währte, durchaus aufgefallen, natürlich war mir klar, daß das kein Zufall sein konnte.

Eine Frau zu sein, war mir beim Aufwachsen als etwas nicht Erstrebenswertes erschienen.

Ich erinnere mich daran, daß ich selbstverständlich davon ausging, alles zu können, wie ein Mann, und mich, als Jugendliche, aber auch später, beleidigt zu fühlen, wenn ich den Eindruck hatte, man betrachte mich als Frau, das heißt, man unterstelle mir, etwas nicht zu können.

Etwas nicht können, taten ausschließlich Frauen, denn die waren blöd.

Das war ich aber nicht, ganz im Gegenteil.

Ich war immer stolz darauf, nicht blöd zu sein; das war das einzige, was mir sicher schien.

Es war auch das einzige, was mir an mir gefiel.

Wie Nicht-blöd-sein mit Weiblichkeit zu vereinbaren sein könnte, wußte ich nicht; das war ein unlösbares Problem.

Ein Mann war ich darum nicht und wollte auch nie einer sein; auch homosexuelle Neigungen hatte ich nicht. Manchmal hätte ich mir welche gewünscht, weil ich mir vorstellte, daß mein Leben dann einfacher wäre.

Ich vereinigte beide Geschlechter in mir.

In einem bereits fortgeschrittenen Alter wurde mir beim Anfertigen einer Auftragsarbeit, eines Essays über »Bernarda Albas Haus« von Federico García Lorca, klar, daß der Dichterin (*poeta*, männliches Wort, weiblich dekliniert) sowieso zwischen den Geschlechtern steht. Mein Liebesleben war zwar eine Katastrophe, aber für meinen Beruf hatte ich die besten Voraussetzungen und hatte ihn zurecht ergriffen.


Darüber sprach ich mit Edith. Es liege vielleicht an meinem misogynen Elternhaus, sagte ich, daß ich nur heimlich eine Frau sein wolle.

Sie erklärte mir, daß alle Frauen, die zu ihr in Analyse kämen, aus misogynen Verhältnissen stammten.

Ich verwies darauf, daß bei mir noch dieser massive Sexualangriff hinzukomme, die zum Glück nur halbe Vergewaltigung, deren Opfer ich im Alter von dreizehn Jahren geworden war, die aber so verheerende Folgen gehabt hatte wie eine vollzogene Vergewaltigung und von der ich in der Analyse sehr oft gesprochen hatte.

Sie sagte, das allein könne es nicht sein (ich vermute, weil auch das bei neurotischen oder hysterischen Frauen nichts Ungewöhnliches ist), vielmehr sei für mich das Frausein offenbar mit einem außerordentlich strengen Verbot belegt. Offenbar fürchte ich etwas ganz Furchtbares für den Fall, daß herauskäme, daß ich in Wahrheit eine Frau bin. Herauszufinden, was das sei und woher das käme, bedürfe weiterer Analyse.

Da war mir, als habe man mir mit einem Vorschlaghammer in den Bauch gehauen, und ich wollte gerne sofort alleine sein, um so schrecklich schluchzen zu können, wie es jetzt nötig war. Denn das war das Ende. Ich wollte auf keinen Fall noch einmal auf die Couch. Also würde ich wohl nie herausfinden können, wovor ich mich fürchtete, und es nie auflösen können. Daß ich mich vor etwas so sehr fürchtete, daß ich es auf jeden Fall verhindern wollte, leuchtete mir ein. Aber ich wollte nicht noch einmal auf die Couch.


Als ich wieder zu mir kam, dachte ich als erstes, daß ich dieses Schlimme eben umgehen und einen anderen Weg zum Glück finden müsse als den mit einem Mann und Liebe. Daß ich jenseits dieser Furcht einen Modus finden müsse, mit meinem verkorksten Liebesleben zurechtzukommen, daß ich es anders entkorksen müsse. Das aber bedeutete: gar kein Liebesleben.

Ich schloß also zweierlei aus: erstens, doch einen Weg zur Liebe und zum Leben mit einem Mann zu finden; zweitens, die Psychoanalyse, die Methode, die mich überhaupt erst ins Leben gebracht hatte, ein weiteres Mal anzuwenden. Das war ein Widerstand. (Das erste, was der Gedanke an Psychoanalyse erzeugt, ist Widerstand. Und wenn es einem noch so dreckig geht und man um Erlösung schon betet: man will das nicht. Sobald einem die Möglichkeit einer tatsächlichen Lösung aufgezeigt wird, will man das nicht. Lieber verrecken.)

Somit hätte ich etwas ganz Neues finden müssen, um glücklich zu werden, etwas, woran ich bisher noch nie gedacht hatte.

Eine dumme Idee, das Ergebnis des Widerstands.

Daß es mir nicht gelingen würde, plötzlich eine andere Definition für Glück und einen völlig neuen Weg dorthin zu finden, nachdem ich mir jahrzehntelang nichts weiter als das ganz gewöhnliche Glück gewünscht hatte, begriff ich bald. Noch einmal auf die Couch wollte ich trotzdem nicht. Vielmehr beschloß ich, selbst herauszufinden, was es war, vor dem ich mich so fürchtete. Immerhin hatte ich seit zwölf Jahren, seit dem Ende der Zeit auf der Couch, immer selbst herausgefunden, was der Grund dafür war, wenn es mir schlecht ging. Das müßte mir doch diesmal auch gelingen, dachte ich, und schon ging es mir ein kleines bißchen besser (wie es mir immer sofort besser geht, wenn ich mich entschlossen habe, mein Geschick selbst in die Hand zu nehmen), obwohl ich keine Ahnung hatte, wie es mir gelingen sollte, den Grund für meine Liebeskatastrophe herauszufinden. Ich hatte keinen Ansatzpunkt zum Nachdenken, absolut keine Ahnung, wo ich beginnen sollte. Darum fiel mir als erstes das Allerdümmste ein.

Plötzlich hatte ich nämlich die Vorstellung (nicht zum ersten Mal), ich sei Amfortas, und weil ich ja wußte, welches Schwert mir die Wunde geschlagen hatte, schien mir die Heilung ein Leichtes. Wie so manches Mal zuvor, war ich sofort begeistert von dieser Erkenntnis, schrieb ihm einen Brief und fuhr am Tag vor Weihnachten zweimal mit dem Fahrrad auf glitschigen Straßen zu Postämtern, weil ich hoffte, dort die einige Jahre zuvor ausgegebenen Wohlfahrtsmarken, auf denen Schmetterlinge abgebildet waren, zu bekommen. Es sollte ein Schmetterling auf meinem Brief kleben, um das Schwert, das die Wunde wieder schließen könnte, geneigt zu stimmen, ihn entgegenzunehmen und auch zu lesen. Das ist Liebe, dachte ich dabei, solche Dinge tun für gewöhnlich Eltern, um ihren Kindern eine Freude zu bereiten. Die Kinder merken das nicht einmal, weil sie nicht wissen, welche Mühe es bedeutete, ihnen diese Freude zu bereiten, und bemerkten sie es doch, hielten sie es für normal. Affenliebe nennt man das. Oder, in meinem Fall, Neurose und Widerstand gegen ihre Aufhebung.

Beide Male war es schwer, das Postamt zu finden, dabei war es auf der Fahrt zum ersten Postamt noch hell. In diesem war der Sondermarkenschalter wegen Krankheit geschlossen. Im zweiten gab es nicht die gewünschte Marke mit dem Russischen Bärenspinner. Ich kaufte immerhin zehnmal das Tagpfauenauge und bestellte am Abend übers Internet die anderen Marken. Ich brauchte sie am Ende sowieso alle nicht, denn den Brief an das Schwert, das die Wunde geschlagen hatte, habe ich natürlich nicht abgeschickt, wie ich überhaupt die meisten der vielen Briefe, die ich ihm im Verlauf der Jahre geschrieben hatte, nicht abgeschickt habe. Denn ich wußte, daß sie nichts nützen würden.

Zum einen war ich mit ihm sowieso immer in dasselbe ungute Muster zurückgefallen, zum anderen hatte doch ich mich getrennt, hatte doch ich die Nase voll gehabt und nicht er (oder er vielleicht auch, aber das wußte ich nicht, und es war auch egal; es ging nun um mich) – hatte doch ich das alles nicht mehr gewollt. Hatte doch ich ihm zuvor einen anderen Brief geschrieben, in dem das Gegenteil von dem stand, was ich jetzt schreiben wollte (schon geschrieben hatte).

EXKURS: Die vielen Briefe habe ich nicht abgeschickt, weil ich sie immer so geschrieben hatte, als sei ich eine besonders dumme Kindergartentante, die die Kinder nicht für voll nimmt und sich deshalb darum bemüht, ihnen die Welt auf eine Weise zu erklären, von der sie sich vorstellt, daß sie dem geistigen Horizont der kleinen Gehirne entspräche; das heißt, ich habe stets ein Gespräch unter Idioten imitiert. Ich fürchtete immer, daß er mich gleich verlassen würde, wenn ich normal mit ihm spräche, also so, wie ich es mit meinen Freunden tue. EXKURSENDE.

Erst einmal ging es mir weiter schlecht.

Mein Widerwille, mich noch einmal auf die Couch zu legen, ist absolut. Eine weitere Saison auf der Couch erschiene mir als Demütigung, als begäbe ich mich als erwachsene Person in die Rolle des Kindes, das noch nicht weiß, wie es funktioniert. Dabei habe ich doch in der Analyse gelernt, daß ich, was mich betrifft, alles weiß, mir das nur nicht unbedingt bewußt ist. In den Jahren, seit ich von der Couch aufgestanden war, um die Analyse nunmehr ohne Unterstützung zu leisten, ist es mir jedesmal gelungen, depressive Zustände aufzulösen, einfach, indem ich ihre Ursache herausfand.

Was ich nun als erstes begreifen mußte, war, daß die Zeit zum Begreifen noch nicht zu Ende war, weil ich noch nicht begriffen hatte, woher das Grundproblem rührte.

Das Grundproblem war das ausdauernde Gefühl der Verlassenheit, das in schlechten Zeiten dazu führte, daß ich mich für den einsamsten Menschen der Welt hielt. Die Manifestation des Grundproblems war meine jahrzehntelang bewiesene Unfähigkeit zu einer Liebesbeziehung.

Das Grundproblem kannte ich schon lange. Ich hatte oft gedacht, es sei lächerlich, daß ich mit fünfunddreißig, einundvierzig, sechsundvierzig … als deutlich erwachsene Frau immer noch das Problem hatte, das man normalerweise mit vierzehn hat: keiner liebt mich.

Was sich nun geändert hatte, war, daß ich nicht mehr damit leben konnte – daß ich diese Unfähigkeit nicht mehr als gottgegeben hinnehmen wollte, sondern erkannt hatte, daß – ja, was? Daß diese Unfähigkeit einfach nicht normal war.

Eine Zeitlang hatte ich gedacht, der Schaden bestehe in meiner Vorstellung, daß mir zum einen keiner zustehe und zum anderen keiner gewachsen sei. Dieser Gedanke verschwand erst, als ich ihn einmal aussprach, Edith gegenüber, am Ende dieses schrecklichen Winters: »Mir steht keiner zu. Mir ist keiner gewachsen.« Jeder andere hätte versucht, mir das als außerordentlich dumme Idee auszureden (allerdings habe ich diesen Gedanken, wahrscheinlich, weil ich selber wußte, wie abstrus er ist, niemand anderem je mitgeteilt), aber Edith hörte mit ihren Analytikerohren, was ich da rede, und das hat schon gereicht. Also, daß ich bemerkte, daß sie gehört hatte, was es eigentlich bedeutet, wenn ich sage: »Mir steht keiner (zu). Mir ist keiner gewachsen«, hat gereicht. Dabei habe ich selbst zum ersten Mal verstanden, was ich da rede, und zwar sofort, nachdem ich es ausgesprochen hatte. Wir haben dann auch darüber gesprochen, warum ich so etwas sage, aber das war nicht das Entscheidende. Wichtig war vielmehr, daß ich plötzlich wußte, was ich da rede. Und dann habe ich nicht mehr so geredet und auch nicht mehr so gedacht. Sondern dachte vielmehr, daß es keinen Grund gibt, warum es keinen Mann in meinem Leben geben sollte, und daß mir genauso einer zusteht wie sonstwem. Liebe ist für niemanden verboten, auch für mich nicht. Und daß mir keiner gewachsen sein sollte, ist ein sehr hochmütiger Gedanke.

Eine weitere Analyse mit Analytiker erschiene mir als Niederlage, weil ich mich damit für hilflos erklären würde, für unwissend, als Opfer. Dabei wußte ich mir doch seit dem Abschluß der endlichen Analyse stets zu helfen, wenn es nötig war, wenn auch nicht immer sofort (aber auch nicht viel später); ich weiß doch, daß ich, was mich betrifft, alles weiß und die Aufgabe nur darin besteht, es ins Bewußtsein zu bringen; ich bin doch Herrin im eigenen Haus – ebendies war doch das Ergebnis der endlichen Analyse. Seit ihrem Abschluß fühle ich mich nicht mehr nur in jeder Hinsicht für mich selbst verantwortlich, sondern auch in der Lage, diese Verantwortung zu übernehmen. Besser: ich bin jederzeit gewillt, die Verantwortung für mich selbst zu übernehmen, und würde mich lieber erschießen, als sie jemand anderem zu übertragen. Von Nietzsche habe ich gelernt, daß das Freiheit ist: »Denn was ist Freiheit! Dass man den Willen zur Selbstverantwortlichkeit hat.« (Götzen-Dämmerung, 38.) Tatsächlich ist das mein Lebensmotto. Diesen Stand der Dinge rückgängig zu machen, würde meinen Stolz verletzen.

EXKURS: Das stete Beharren auf Unabhängigkeit war schon vor der Analyse da. Vielleicht ist in Wirklichkeit das der Grund dafür, warum ich nie mit einem Mann zusammengekommen bin. Vielleicht ist es eine ähnliche Angst vor Kontrollverlust wie die, die mich lange Zeit Alkohol panisch meiden ließ. Vielleicht ist in Wirklichkeit dieses stete Beharren auf Unabhängigkeit das Grundproblem, der Schaden. EXKURSENDE.

Es verletzte meinen Stolz aber nicht, mich jahrelang einem Mann als Gratisnutte zur Verfügung zu stellen, der weiter nichts mit mir anzufangen wußte, als mich als eine solche zu gebrauchen. Und umgekehrt. Denn ich wußte ja auch nichts weiter mit ihm anzufangen, als mich zur Verfügung zu stellen. Ich wollte ja auch nicht ihn, sondern brauchte nur die Vorstellung, es gäbe einen Mann in meinem Leben.

Das einzige, was ich an dieser Konstruktion bedauerte, war, daß ich mich nicht richtig um ihn kümmern konnte. Ich hätte ihn gerne mehr gehätschelt, als ihm Kaffee zu kochen und im Winter Fettcreme auf ausgetrocknete Hautstellen zu schmieren. Ansonsten fand ich die Zeiten, in denen er auf Reisen war, was er oft war, sehr angenehm; denn da war ich bei mir und konnte viel gelassener arbeiten als zu den Zeiten, da stets die große Aufregung einer Verabredung zu gewärtigen war.

Wenn ich sage, ich habe mich ihm zur Verfügung gestellt,

dann könnte man meinen, ich hätte Genuß aus der Unterwerfung unter seine Bedürfnisse bezogen, aber das ist nicht wahr. Ich bin nicht masochistisch. Vielmehr diente dieses Verhältnis meinem Bedürfnis, mich mit der Welt zu verbinden. Denn das war der Geschlechtsakt für mich: die Verbindung mit der Welt.

Ich meine diese Verbindung mit der Welt in der Verbindung mit einem Mann ganz konkret: während des Akts war ich angedockt an die Welt, nur während des Akts fühlte ich mich mit ihr verbunden. Auch daher das Glück mit diesem Mann, der mir nichts bot als eine stete Wiederholung dieses Akts der Verbindung mit der Welt.

Sonst fühlte ich mich nie mit der Welt verbunden. Sonst stand ich immer neben ihr, auf meinem Beobachterposten, in meinem Aussätzigenkäfig.

Lange Zeit hielt ich das für einen Aspekt meiner persönlichen Verdrehtheit, bis mir ein Mann, der mit seiner Homosexualität nicht glücklich war, erzählte, daß ihm an den heterosexuellen Sexualkontakten, die er früher gehabt hatte, ebendies gefallen habe, die Verbindung mit der Welt. Dieser Mann erklärte das damit, daß aus einer solchen Verbindung ein Kind entstehen könnte, eine neue Welt. Das war für mich allerdings anders. Ich dachte nie daran, daß wir theoretisch ein Kind machen könnten, daß das, was wir gerade tun, von der Natur gerade für diesen Zweck eingerichtet ist. Ich dachte nur, jetzt bin ich mit der Welt verbunden, jetzt gehöre ich zu ihr.

Das Problematische dabei ist, daß diese Verbindung mit der Welt zugleich die Verbindung mit einem Mann bedeutet, der es vielleicht nicht schön fände zu hören, daß nicht er persönlich, sondern vielmehr die ganze Welt gemeint ist. Vielleicht wäre es aber auch umgekehrt, und er fände das erleichternd.

Natürlich ist dieser Vorgang nicht mit jedem X-beliebigen möglich. So daß der beteiligte Mann zwar nicht persönlich gemeint, aber doch genau der ist, mit dem es gelingt, diese Verbindung zu schaffen – nicht die Verbindung zueinander, sondern die zur Welt, aus der wiederum eine zueinander entspringt. So daß der beteiligte Mann doch persönlich gemeint ist. Es ist dies ein sehr komplexer Vorgang.

Vielleicht macht überhaupt dies den Zauber der geschlechtlichen Vereinigung aus, diese Verbindung mit der Welt, und vielleicht ist sie gerade darum dazu geeignet, die beteiligten Personen zusammenzuschweißen: weil sie es gemeinsam schaffen, diese Verbindung herzustellen.

Oft genug kommt Liebe dabei heraus. Wenn man es oft genug macht, wird es Liebe. Die Verbindung miteinander entspringt aus der gemeinsam hergestellten Verbindung mit der Welt.

Inzwischen habe ich den Stand der Gnade erreicht, das heißt, der dumpfe, allgemeine, ungerichtete Trieb ist verschwunden. Es geht jetzt nicht mehr um Sex an sich, sondern um die Verbindung mit einem bestimmten Mann. Seit das so ist, fühle ich mich nicht mehr aussätzig, sondern durchaus mit der Welt verbunden, einfach, weil ich auf ihr bin. Ich gehöre zu diesem historischen Moment, wie jeder andere Zeitgenosse.

Interessanterweise war mir schon lange vor dem Ende der Affäre bewußt, daß ich mit ihm nicht existierte. So hielt ich das Frausein auch vor mir selbst geheim; es fand in Zeiten statt, in denen es mich nicht gab.

Dieses Nichtexistieren war möglich, weil wir nicht miteinander sprachen. Nichtsprechen verlängert eine Beziehung sowieso ungemein, *for better or worse*, weil man dann länger an der Illusion festhalten kann, in die man sich verliebt hat, an dem Bild, in das man sich verliebt hat – weil man seine Projektion länger aufrechterhalten kann.

In diesem Winter dachte ich immer wieder an diese Verge-
waltigungsgeschichte, die sich ereignete, als ich dreizehn Jahre
alt und zu Besuch bei Freunden meiner Eltern war, und so, wie
das Klischee es will: im Dunkeln, abseits menschlicher Behau-
sung, mit einem Fremden, der mich erst schlug, dann meinen
BH zerfetzte und meine Brüste zerkratzte, mich zu Boden
warf, sich von hinten auf mich setzte und, nachdem ich endlich zu schreien begonnen hatte, worauf er von mir abließ, mir
in den Hintern trat und sagte, ich solle abhauen. Sein Gesicht
hatte ich nicht erkennen können, er trug einen Integralhelm.
Als ich zu den Freunden meiner Eltern zurückkam, berichtete
ich, was mir geschehen war. Wir gingen zur Polizei, es wurde
Anzeige erstattet, zwei Tage später stand eine Notiz in der Zeitung. Das war alles.

Es wurde nie darüber gesprochen. Es hat niemand je mit
mir darüber gesprochen, weder meine Mutter, noch mein
Vater, noch sonstwer, und irgendwann in diesem furchtbaren
Winter, mehr als dreiunddreißig Jahre nach dem Ereignis,
dachte ich, daß mein Vater seinerzeit versagt hat. Denn man
würde sich doch vorstellen, daß ein Vater Himmel und Erde in
Bewegung setzt, um seine Tochter zu rächen, also das Schwein,
das ihr Gewalt angetan hat, zu finden und totzuschlagen. Oder
wenigstens vor Gericht zu bringen. Aber es geschah gar nichts.
Mein Vater hatte mich an jenem Abend nicht geschützt, und
er hat auch nicht versucht, das wiedergutzumachen. Er hat
nicht versucht, mir zu helfen. Er war nicht auf meiner Seite.
Und auch sonst niemand.

Meine Welt war aus den Angeln gehoben, der Rest der
Welt aber machte weiter, als wäre nichts geschehen. Dem Rest
der Welt war auch nichts geschehen, nur mir. Mir war etwas
geschehen: das schlimmste Vorstellbare. Und damit mußte
ich alleine klarkommen, als wäre das normal. Es sprach mich
nie jemand darauf an, und auch ich sprach mit niemandem

darüber, fragte mich aber sehr oft, warum mir das geschehen war und anderen Mädchen nicht geschah. (Was nun gar nicht stimmt. Es spricht nur keine darüber, weil jede sich dafür schämt. Das ist das Perfide an sexueller Gewalt, daß sich die Opfer schämen, nicht die Täter.)

Gegen Ende der Analyse habe ich begriffen, daß ich dieses Ereignis oft nachgestellt, daß ich oft Vergewaltigung gespielt hatte. Nun fragte ich mich, ob die Geschichte mit dem einst Geliebten nicht noch einmal dasselbe war, ein Reflex auf die Zeit vor der Analyse, in der mich jeder gekriegt hat, der mich wollte (was zum Glück nicht so sehr viele waren), egal, was er sonst zu bieten hatte, egal, wer er war, egal, was ich überhaupt von ihm hielt, alles egal. Mich, nein, meinen Körper zu wollen, reichte, um mich zu kriegen. So in etwa.

In der Geschichte mit dem einst Geliebten war der Unterschied, das, was mich so lange so sehr begeisterte, daß er nicht einfach irgendeine Frau wollte, sondern genau mich. So stellte es sich mir wenigstens dar. Indes ging es dabei nicht um meine Person, sondern um meinen Körper. Anderes weibliches Fleisch in ähnlicher Form hätte er genauso attraktiv gefunden. Nur war das nicht so leicht zu kriegen wie ich. Darum meinte er vielleicht doch mich speziell, denn ich war nicht nur besonders leicht zu kriegen, sondern stellte zudem keinerlei Ansprüche. Er mußte mir keine Geschenke machen, mich nicht zum Essen oder auf Reisen einladen, nichts. Er mußte nicht einmal charmant sein.

Ich war unschlagbar billig, und das war für ihn, der den ganzen Tag ans Geld denkt und entsetzlich geizig ist, natürlich außerordentlich reizvoll.

Mit den bevorzugten körperlichen Attributen ausgestattet und vollkommen anspruchslos. Da greift man gerne zu.

Weil über diese Sexualattacke nicht gesprochen wurde (während ich dachte, ich dürfe es nicht aufschreiben und darum ein halbes Jahr lang nichts in mein Tagebuch schrieb), konnte sich in mir die Annahme verfestigen, daß dies, was mir geschehen war, im Bereich des Gewöhnlichen war, gottgegeben, und zum Frauenleben dazugehört.

Das habe ich begriffen, weil mich in diesem schrecklichen Winter ein Freund im Streit darauf stieß, das heißt, nicht im Streit, sondern beim Schlichten des Streits, über den wir beide sehr unglücklich waren. Er stieß mich darauf, daß diese Attacke sich zum Trauma hatte verfestigen können, weil sie auf fruchtbaren Boden gefallen war. Der fruchtbare Boden war meine Vorstellung, daß eine Frau in Beziehung auf einen Mann nichts zu melden habe. Wenn aber eine Frau, egal welche, den Männern, allen, egal welchen, sowieso absolut untergeordnet ist, dann ist eine Vergewaltigung ein hinzunehmendes Ereignis. Unschön zwar, aber doch im Bereich des Gewöhnlichen. Wenn es allein der Mann ist, der bestimmt, was mit der Frau geschieht, dann gehört es halt zum Frauenleben dazu, daß sie auch mit Gewalt gegriffen werden kann, wenn es dem Mann so gefällt. Ganz einfach.

Ich habe auch nie erfahren, ob wenigstens die Polizei irgendetwas getan hat, um den Angreifer zu finden; es ging einfach unter. Es kann sein, daß mein Vater doch etwas unternommen hat, das weiß ich nicht, und da er nicht mit mir darüber gesprochen hat, ist das Ergebnis dasselbe.

MITTE DES LEBENS. NOTIZEN

– es gibt kaum noch etwas, das man zum ersten Mal täte
→ Lob der Gewöhnung, auch Lob der Gewohnheit, statt
Lob des Beginnens
– Lesebrille: damit ist klar, daß das Altern begonnen hat
– Ernährung: es kann jeder genau sagen, was ihm bekommt
und was nicht
– Sport: eine Notwendigkeit gegen Rückenschmerzen
Die konstante Bekämpfung der Zipperlein ist einem in
Fleisch und Blut übergegangen; Ernährung und Bewegung
entsprechend zu gestalten, versteht sich von selbst. Warum
man sich so ernährt und so bewegt, könnte man ausführlich
erläutern und begründen. Wer es nur auf Nachfrage tut,
zählt zu den angenehmen Zeitgenossen, doch viele tun es
ungefragt. Bei manchen stellt sich der Verdacht ein, sie seien
froh, endlich etwas zu haben, womit sie auf sich hinweisen
können. Außerdem merkt man an denen, wie ihr Interesse
an der Welt nachgelassen hat, wie sie sich wirklich nur noch
für sich selbst interessieren und für sonst nichts.
– intellektuell: es bleibt nicht viel Zeit für geistige Beschäftigung, weil man mit seinem Alltag vollauf beschäftigt ist
– Beginnen mit Fleiß: eine neue Sprache lernen, um der
Verkalkung vorzubeugen; so tun, als gäbe es Dinge, die einen brennend interessieren oder immerhin genug, um Zeit
und Energie auf sie zu verwenden; auch das geschieht, um
der Verkalkung vorzubeugen
– Kinder
– Liebesleben: wollte man jemandem von nahem tief in die
Augen schauen, bräuchte man die Lesebrille, zugleich stört
eine Brille gerade dabei enorm, auch ein Grund, warum
man schon lange Kontaktlinsen trägt. Die Sehschwäche
behindert das Liebesleben, zumal mit einem neuen Objekt
des Begehrens, also das Kennenlernen, denn unbebrillt

99

überfordert es die Augen, wenn sich einem jemand zu sehr nähert, es ist unangenehm. Ein eigenartiges, unerwartetes Problem.

– Beruf

– es treffen regelmäßig Todesanzeigen ein

– zunehmende Ungenauigkeit; erst eine Unwucht im Physischen, das nicht mehr ganz rund läuft, dann eine im Intellektuellen mit Wortfindungsschwierigkeiten und Vergeßlichkeit, was Namen angeht (weil einem schon so unendlich viele gesagt wurden); die Erinnerung an Gesichter weiterhin tadellos, nur Namen werden regelmäßig vergessen, manchmal sogar die von alten Bekannten, während man ihnen gegenübersitzt


VERLIEBTSEIN macht nur den kleinsten Teil einer Liebesbeziehung aus. Es ist keine das ganze Leben ausfüllende Beschäftigung, nicht einmal ein solcher Zustand. Ich habe das in der Pubertät nicht begriffen, als ich mich zum Beispiel darüber wunderte, daß Liebespärchen miteinander ins Kino gingen, weil sie sich dort doch gar nicht aufeinander konzentrieren konnten, sondern etwas anderes taten, nämlich einen Film anschauten. Ich war schon sehr naiv.

Daß eine Liebesbeziehung überhaupt und hauptsächlich dafür da ist, andere Dinge zu tun, als verliebt zu sein, daß es in Wirklichkeit darum geht, sich durch den Alltag zu helfen, daß Nicht-allein-sein am Ende wichtiger ist als Verliebtsein, das – begreife ich überhaupt erst jetzt. Zu spät.


ZUM GLÜCK war dieser Winter ausserordentlich kalt, das hat geholfen. Denn auch Kälte gibt Halt, einfach dadurch, daß sie einen zwingt, sich zusammenzureißen oder wenigstens dazu, sich sorgfältig anzuziehen. Bei großen Minusgraden ist der Aufenthalt im Freien blanker Überlebenskampf, und dabei sind Depressionen so hinderlich, daß sie sofort verschwinden. Die Natur hat das sehr weise eingerichtet. Leider kehren die Depressionen sofort zurück, wenn man wieder drinnen ist. Wie auch immer: Ohne die Kälte und die langen nächtlichen Spaziergänge durch die mit Schnee zugeschüttete Stadt wäre es noch schlimmer gewesen, hätte ich mich noch verlassener gefühlt, wäre ich noch verzweifelter gewesen.

JEDESMAL, WENN ICH IHN SEHE, was zum Glück nur sehr selten geschieht, möchte ich sofort, daß alles wieder so ist, wie es einmal war, nur ganz anders, also viel besser (same same, but different). Jedesmal möchte ich ihn nicht nur ganz kurz wiedersehen, sondern ganz lang; jedesmal wünsche ich mir sofort sehr dringend, daß er wieder zu meinem Leben gehören möge. Jedesmal denke ich tagelang darüber nach, ob ich ihn anrufen oder ihm schreiben soll. Jedesmal ist das so, obwohl ich doch inzwischen begriffen habe, daß dieses Verhältnis entwürdigend war und warum ich trotzdem so lange daran festgehalten habe; warum ich nicht nur ein heimliches Verhältnis wollte, sondern noch dazu eines, in dem ich gar nicht existierte. Ich habe das doch alles begriffen.

Doch jedesmal, wenn ich ihn wiedersehe, ist er plötzlich wieder in der Gegenwart vorhanden und nicht mehr in der Erinnerung, und dann erinnere ich mich daran oder erinnert es sich daran: dann wird sich daran erinnert, daß seine Gegenwart immer Glück bedeutete. Von außen und im nachhinein betrachtet, war dieses Verhältnis komplett schwachsinnig, aber als es Gegenwart war und ich es von innen erlebte, war ich immer glücklich, wenn er zur Tür hereinkam, immer, und zwar auch zu der Zeit noch, als ich den Rest der Zeit wegen ebendieses Verhältnisses unglücklich war. Dieses Unglück verschwand jeweils sofort, wenn er Gegenwart wurde.

Dies wiederum, daß seine Gegenwart immer Glück bedeutete, lag daran, daß es in unserem Verhältnis keinerlei Entwicklung gab. Es war immer so, wie es ganz am Anfang ist. Wir haben uns nie gestritten, worüber auch, wir haben ja nicht einmal miteinander geredet. Darum konnten wir auch nie verschiedener Meinung sein, sondern waren immer nur voneinander bezaubert und suchten uns weiter zu bezaubern. (Das stimmt nicht ganz, denn nur ich war bezaubert, er war erregt.) Dann haben wir gevögelt, dann ist er gegangen, dann war ich wieder bei mir. Wir haben nie einen Alltag miteinander erlebt, sondern sind uns immer nur für eine kurze Weile begegnet, und Begegnungen, die länger als zwei Stunden dauerten, waren, wie gesagt, fürchterlich. Unsere Beziehung war statisch, weil sie nur aus Begegnungen bestand, welche jeweils einen Aufenthalt in der Neurose bedeuteten.

Dieses dringende Bedürfnis nach Wiederaufnahme verschwand erst, nachdem ich, schon mitten in der Arbeit an diesem Bericht, nach einem solchen, sehr kurzen Wiedersehen tatsächlich noch einmal versuchte, ihn anzurufen. Da ging er nicht ans Telefon, was ich für Zufall oder den Umständen geschuldet halten wollte, und beim nächsten Versuch, eine halbe Stunde später, drückte er mich weg, wie es mit Mobiltelefonen möglich ist. Das hat mich erst deprimiert, aber bald gefreut. Er ist wirklich ein Arschloch, dachte ich, und dann war es mir egal, ob ihn bei der Lektüre dieses Buches vielleicht jemand erkennen (und in der Folge er mich für ein Arschloch halten) könnte. Zuvor hatte mir das etwas Sorge bereitet. Man soll ihn nicht erkennen, es geht hier nicht um ihn; aber es könnte natürlich doch geschehen, so unwahrscheinlich es ist. Erst, als mir das wirklich völlig egal war, war die Geschichte wirklich völlig vorbei.

Er ist nur insofern von Bedeutung, als mich das Verhältnis mit ihm begreifen ließ, daß ich die Analyse, was mein Liebesleben angeht, noch nicht abgeschlossen hatte. Nur darum ist er von Bedeutung, als Auslöser. Sonst nicht. Und nur in Beziehung auf mein Liebesleben ist er ein Arschloch. Sonst nicht.

Das Grauenvolle, das absolut Schreckliche, dessen Eintreten ich für den Fall, als Frau erkannt zu werden, fürchtete, war die Auslöschung.

Sobald herauskäme, daß ich eine Frau bin, würde es mich nicht mehr geben, fürchtete ich, damit würde ich vom Erdboden verschwinden, wäre ich eben ausgelöscht. Das durfte nicht geschehen, darum durfte auf gar keinen Fall herauskommen, daß ich eine Frau bin. Der einst Geliebte nuschelte gelegentlich, es würde »die Katastrophe« bedeuten, wenn unser Verhältnis bekannt würde, womit er meinte: wenn seine Frau davon erführe. Das fand ich übertrieben. Dabei war es für mich genauso, auch ich befürchtete die Katastrophe, auch für mich wäre die Welt zusammengestürzt, nur dachte ich andersherum: nicht die Welt wäre damit verschwunden, sondern ich.

Die Vorstellung, daß eine Frau etwas ist, das keine Rechte hat, keine Wünsche zu haben, nichts zu melden hat, wenn ein Mann in der Nähe ist, daß eine Frau eben kein Mensch ist, sondern – etwas, daß eine Frau ein Ding ist, weil alles, was den Menschen ausmacht, Eigenschaften des Mannes sind, saß so tief in mir drin, daß ich gar nichts von ihr wußte. Vielmehr hätte ich nie geglaubt, daß so etwas in mir drinsitzt, denn ich kannte mich anders. An der Oberfläche, im Bewußtsein war ich gewiß kein Hilfswesen des Mannes, sondern wußte nur nicht, wie eine Frau es schafft, zur Gefährtin eines Mannes zu werden, und noch weniger verstand ich, wie es sein kann, daß so viele Frauen in ihren Beziehungen den Ton angeben und ihre Männer sich ihnen fügen.

Es ist wie beim Interpretieren von Gedichten: Wenn man den Schlüssel gefunden hat, fällt alles an seinen Platz: Weil ich mich als Frau nicht in die Wünsche des Mannes einzumischen hatte, hatte ich mich vom einst Geliebten greifen lassen und fand das aufregend; es entsprach meiner (meinem Bewußten unbekannten) Vorstellung vom Verhältnis zwischen Mann und Frau. Weil ich in der Begegnung mit ihm eine Frau war, hatte ich das Gefühl, nicht zu existieren. Wenn er Gegenwart war, gab es nur ihn, und ich bemühte mich, es ihm schönzumachen. Weil das aber alles in strengster Heimlichkeit stattfand, mußte ich nicht befürchten, daß entdeckt würde, daß ich manchmal eine Frau war; ich konnte mich sicher fühlen. Die Geheimhaltung war nicht allein seiner Angst vor seiner Frau geschuldet, sondern ebenso meiner Angst vor Entdeckung meines Frauseins. Indem ich mich regelmäßig für zwei Stunden auslöschte, vermied ich die Gesamtauslöschung.

Das war die eine Seite. Indem ich nur heimlich eine Frau, ich sollte das in Anführungszeichen setzen: indem ich nur heimlich eine »Frau« war, also das, wovon ich mir vorstellte, daß eine Frau es in Bezug auf einen Mann sei, konnte ich ansonsten ein Mensch sein. Einen Mann aber mußte ich haben, denn die Vorstellung von der dem Mann willenlos unterworfenen Frau wurde ergänzt durch die Vorstellung, daß eine Frau ohne Mann mit einem Makel behaftet sei. Weil ich die harsche männliche Vorstellung vom Liebesleben, also die, welche machistische und manche schwule Männer pflegen, verinnerlicht hatte, fand ich es zudem ungeheuer wichtig, nicht bloß einen Mann zu haben, sondern auch noch ein sehr aktives Sexualleben zu führen. Es ging dabei nicht um meine Lust, sondern nur darum, nicht mit dem Makel behaftet zu sein, keinen Mann zu haben.

Ich befand mich in der Zwickmühle, einerseits ein Mensch ohne Makel, andererseits aber um Himmels willen keine Frau sein zu wollen. Der einst Geliebte bot die perfekte Lösung: ein rein aufs Geschlechtliche ausgerichtetes, heimliches Verhältnis. Und weil das in Wirklichkeit keine Lösung, sondern eine der Neurose geschuldete, hanebüchene Konstruktion war, gab es keine Orgasmen. Es gab nur ständige Stimulierung, die nie zu einem Ergebnis führte, und das machte mich unglücklich. Es dauerte sehr lange, bis ich unglücklich genug war, um zu begreifen, daß da etwas falsch lief, daß ich etwas falsch machte. Dann dauerte es lange, bis ich begriff, warum es falsch lief, was es war, das mich unglücklich machte. Als ich das begriffen hatte, war ich nicht mehr unglücklich, sondern hatte das Gefühl, nie wieder wirklich unglücklich sein zu können.

Nicht zum ersten Mal hatte ich dieses Gefühl, das mir jedesmal berechtigter erschien. Im Augenblick erscheint es mir sogar außerordentlich berechtigt, denn es hat sich alles geändert, seit ich endlich begriffen habe, wirklich begriffen, daß ein Mensch unabhängig von seinem Geschlecht einer ist und, vor allem, daß auch ich einer bin und das gar nichts mit meinem Geschlecht zu tun hat, und auch nicht von meinem Familienstand abhängt.

DAS GESICHT AUFGEDUNSEN VON DER HITZE und in vielen
Lagen lackiert vom Schweiß, der in einem fort aus den Po-
ren quoll und immer wieder antrocknete, um bald von der
nächsten Schicht Schweiß aufgeweicht zu werden. Unschön ist
dieses Gesicht, sommerhäßlich.

Es gibt Dinge, die kann man nicht sagen und muß es doch tun, damit sie verschwinden (damit sie aufhören wehzutun/ damit der Schmerz ein Ende hat). Einmal ausgesprochen, sind sie von einem abgelöst, weil sie etwas anderes geworden sind als das eigene Fleisch und Blut; mit dem Wort, mit dem Aussprechen werden sie ein Ding, sind sie draußen.

Dinge sind draußen, im Menschen drin ist nur Fleisch und Blut.

Die Dinge, die man nicht sagen kann, von denen man glaubt, sie nicht sagen zu können, sind schlimme Dinge. Sie handeln davon, wie man sich einmal wie ein Ding hat behandeln lassen oder wie man einen anderen wie ein Ding behandelt hat. Das ist, was alle schlimmen Dinge teilen, das ist ihr Urgrund: daß ein Mensch einem Ding gleichgesetzt wurde.

Und überhaupt: Könnte es nicht sein, daß jegliches Übel seinen Grund darin hat, daß ein Mensch als Ding betrachtet und dann so behandelt wurde? Daß einem Menschen der eigene Wille abgesprochen wurde? Vielleicht ist »Wille« schon zuviel gesagt. Also: daß ihm das eigene Empfinden abgesprochen wurde? Seine eigene Weise, auf die Welt zu reagieren, seine eigene Vorstellung, wie es ihm auf der Welt gefällt, um auf den kleinsten Nenner zu bringen, worin sich erweist, ob ein Mensch als Mensch geachtet oder als Ding betrachtet – und so behandelt wird. Aber die Betrachtung ist schon fast dasselbe wie das Behandeln. (Beides geschieht von außen, beides ist ohne Empathie möglich.) Die schlagendsten Beispiele dafür, einen Menschen wie ein Ding zu behandeln, sind Vergewaltigung und Folter. Aus beidem erwächst, wem es widerfuhr, große Scham. Das ist das Perfide an der Sache: erst wird einem Gewalt angetan, dann schämt man sich dafür. Weil nichts verachtenswerter ist als ein Mensch ohne seine Menscheneigenschaft, seine Menschlichkeit, ohne Selbstachtung. Und das ist auch dann so, wenn die Verdinglichung mittels Gewalt geschah; und wenn sie wem geschah, der ansonsten durchaus Selbstachtung hat oder zumindest ein Bewußtsein dafür, welche haben zu müssen, dann wächst daraus die Scham, dann ist es eine Schande. Aus seiner Menscheneigenschaft herausgetreten zu sein, ist eine Schande. Wenn einmal die Menschlichkeit negiert wurde, und sei es nur für einen Moment, ist es eine Schande. Und es fällt alles auf das Opfer zurück. Darum spricht es nicht gerne von dem, was ihm widerfuhr, weil es sich dafür schämt, einmal so etwas gewesen zu sein, kein Mensch, sondern ein Ding, ein Das, ein Opfer.

Und dann die Frauen, die sowieso nicht für Wesen mit eigenen Wünschen gehalten werden, sondern nur für Hilfswesen des Mannes. Denen wird von vornherein die Menschlichkeit abgesprochen, und sollten sie sich dagegen wehren, werden sie ausgelacht oder gebrochen, je nach Zivilisationsgrad. Zugleich werden sie von vornherein verachtet, weil sie eben keine Menscheneigenschaft haben, sondern nur Hilfswesen des Mannes sind. Als hätten sie sich das so ausgesucht, als wären Frauen von vornherein blöd.

Das klingt natürlich antiquiert. So etwas gibt es heute gar nicht mehr, will ich hoffen, zumindest nicht in unseren Breiten, aber so bin ich aufgewachsen. Voller Verachtung für Frauen. Das wird zum Problem, sobald man selbst anfängt, eine Frau zu werden.

Noch einmal: Keinen Mann zu haben, erschien mir immer als Makel. Solange ich zurückdenken kann, wollte ich gerne verheiratet sein. Darunter stellte ich mir allerdings nicht viel mehr vor, als daß ich dann einen Ehering tragen würde. Wie sich Verheiratetsein konkret gestalten, was das praktisch bedeuten würde, stellte ich mir nicht vor. Ich wollte nur nicht mit diesem Makel behaftet sein und mich nicht schämen müssen.

Warum das so war, warum ich die Eheringlosigkeit als Beweis meines Versagens empfand, wurde mir klar, als ich in diesem Winter, in dem es mir so furchtbar schlecht ging, am ersten Tag des neuen Jahres mit meiner Mutter telefonierte. Sie wünschte mir, und das kam aus ihrem tiefsten Herzen, »einen reichen Mann, der dich auf Händen trägt«. Das hat die Depression sehr verstärkt.

Da komme ich also her, dachte ich, so wurde ich erzogen; das hat sich meine Mutter für mich gewünscht: einen reichen Mann, der mich auf Händen trägt. Das hat sie mir als Ziel des Frauenlebens eingepflanzt. Deswegen denke ich in einem fort, ich hätte versagt. Deswegen sitzt die Sehnsucht nach einem Mann an meiner Seite so tief in mir drin, deswegen ist es Makel, Schmach und Schande, daß ich keinen habe.

Woher diese Vorstellung vom Makel kam, war mir dann zwar klar, aber aufgelöst hat sie sich erst über ein Jahr später, als ich Edith davon erzählte. Kaum hatte ich ausgesprochen, daß es mir als Makel erscheint, keinen Mann zu haben, war er weg, der Makel. Talking cure. In diesem Fall genügte einmaliges Aussprechen, weil mir natürlich durchaus klar ist, daß so etwas kein Makel sein kann, sondern nur ein Fehler in der Konstruktion der Seele. Und danach ging es mir gut. Immerzu. In einem fort. Jeden Tag und jede Nacht. Ohne Mann, mit der Aussicht auf Geldsorgen und einer Klage meines Vermieters am Hals, ging es mir so gut, als sei ich gerade aus dem Ei geschlüpft und hätte das ganze herrliche Leben noch vor mir. Talking cure.

DER WIRKLICH WAHRE GRUND, der Urgrund für mein katastrophales Liebesleben ist jedoch der, daß ich mir nicht vorstellen kann, man könne mich lieben. Manchmal fällt mir das ein, dann fange ich sofort an zu heulen. Ich weiß, warum ich das denke, und in der Regel weiß ich auch, daß es nicht gut ist, so zu denken, aber wenn es darauf ankommt, in der Gegenwart eines Objekts des Begehrens, wenn ich handeln müßte oder sein und Denken nichts nützt, weil es zu lange dauern würde, dann befinde ich mich auf diesem Urgrund und handle und bin entsprechend. Dann vermittle ich deutlich, daß ich an Liebe gar nicht denke. Warum ich denke, Liebe sei für mich vollkommen ausgeschlossen, vermittle ich natürlich nicht. Sonst würde ich am Ende noch Mitleid erregen, und das will ich nun bestimmt nicht.

Diese Vorstellung, nicht geliebt werden zu können, wurde in meinem ersten Lebensjahr angelegt, und sie geht nicht weg. Es hat Jahrzehnte gedauert, bis ich überhaupt wußte, daß ich sie habe. Wenn ich noch ein paar Jahrzehnte nachdenke, würde ich sie vielleicht doch überwinden, aber bis dahin wäre ich schon gestorben. Ich versuche es natürlich trotzdem, aber ich habe wenig Hoffnung. Vielmehr bin ich jetzt froh, begriffen zu haben, daß ich auch ohne einen Mann an meiner Seite ein Mensch bin. Immerhin habe ich das so gut begriffen, daß ich es tatsächlich nicht mehr als Makel empfinde, allein zu sein, sondern mich trotzdem für einen Menschen halte und nicht für aussätzig. Immerhin das.

Immerhin das.

(Stand vom 23. Juni 2011)

111

Ja, ich erinnere mich daran, daß ich früher dachte, man könne mich nicht lieben. Nun habe ich das aber schon lange; wahrscheinlich seit dem 23. Juni, nicht mehr gedacht. Es ist ja auch ein absurder Gedanke.

# Hilfsmittel

# Rußland

I

Kurz vor der Landung in Sankt Petersburg geht der Blick aus dem Flugzeugfenster auf riesige Neubautürme am Rand der Stadt, und die Sorge, das Flugzeug könne bei der Landung zerschellen, verwandelt sich plötzlich in Glück. Vielleicht, weil neben diesen Wohnkomplexen keine Gewerbekomplexe liegen, sondern feuchte Wiesen, auf denen dieses Rußland beginnt, dieses riesige Land, das bis nach China reicht. Bislang war das in erster Linie beängstigend, aus politischen Gründen und wegen der Sprache, nun hat es sich plötzlich in ein Versprechen verwandelt. Warum? Keine Ahnung und egal. Denn Sankt Petersburg erfüllt dieses Versprechen, der Aufenthalt dort ist ein ununterbrochenes Glück.

Das liegt nicht allein am äußeren Erscheinungsbild der Stadt, an den endlos sich reihenden Palästen aus den Jahrhunderten selbstbewußter Prächtigkeit, an dem vielen Wasser dazwischen und den vielen Brücken darüber, an den Schiffskränen in der Ferne, die zeigen, daß das hier, auch wenn komplett frisch renoviert, kein Museum ist. Was für eine schöne Stadt! Schon auf dem Weg hinein ist das so; in der vollkommen sauberen, von keinerlei Vandalismus entstellten Metro, in die man auf wahnwitzig langen Rolltreppen hinunterfährt, sieht es aus wie in einem Wiener Kaffeehaus. Die Lampen erinnern daran, die altmodischen Haltestangen. Und dann geht es so weiter.

Zwar reihen sich die Paläste, und es befinden sich Luxusgeschäfte in den riesigen Häusern am Newskij-Prospekt, aber genauso sind Filialen von Billigfreßketten darin untergebracht, oft im selben Haus. Zwar trippeln wie für den Zirkus hergerichtete junge Frauen auf Stilettos umher, aber zugleich gibt es nicht wenige, die sich bereits in der ersten Blüte ihrer Jugend auf ein Dasein als Matrone vorbereiten, im Gehabe wie äußerlich. (Am Abend steht mitten auf der hohen längsten Brücke über die Newa ein Paar weißer Riemchensandaletten allein am Geländer, als habe die Besitzerin das Tragen unbequemer Schuhe nicht mehr ausgehalten und sei just an dieser Stelle in den wie ein Meer so weiten Fluß gesprungen.) Es krachen vor dem Haus, an dem eine Gedenktafel daran erinnert, daß Lenin darin am 13. April 1917 eine Rede über die adäquate Indoktrinierung der Marine-Soldaten hielt, gleich drei Luxuskarossen ineinander (zwei Jeeps, ein Bentley-Kabrio). Und in dem Museum in Nabokovs Geburtshaus, das auch in seinen Rudimenten noch erkennen läßt, wie es sich lebt, wenn man wirklich reich ist, bauen Handwerker eine Comic-Ausstellung auf, und es riecht nach Gips.

Wie die Leute in Rußland der plötzlichen Rückkehr des Kapitalismus ausgeliefert sind usw., kann man durchaus sehen. Aber es ist dies kein Schreckensbild, sondern das blanke Leben, und das sieht man gern, wenn man aus seinem verfetteten Westeuropa kommt, wo die Leute so gerne darüber klagen, wie schlecht die Welt zu ihnen ist. Hier in Sankt Petersburg sehen keineswegs alle Leute so aus, als sei die Welt gut zu ihnen, aber sie scheinen nichts dagegen zu haben, ihr Leben selbst in die Hand zu nehmen, und das verleiht ihnen große Würde.

Diese Notizen wurden vor der Phase der Entmündigung angefertigt. In den folgenden acht Tagen war das Hirn weg, denn wer ein Kreuzfahrtschiff besteigt, begibt sich in die für einen erwachsenen Menschen im Vollbesitz seiner körperlichen und geistigen Kräfte merkwürdige Situation vollkommener Passivität, in der er jeglicher Verantwortung enthoben und keine Eigeninitiative möglich ist. Es ist von vornherein alles geplant, es ist alles komplett durchorganisiert, man ist kaserniert, alle essen immer zur gleichen Zeit, und an diese Zeit wird man mit Lautsprecherdurchsagen erinnert. So hat eine solche Reise etwas von einem Ferienlager für Kinder und ist zugleich ein Vorgeschmack auf das Altersheim, in dem man seine Tage vielleicht einmal beschließen wird. Bleibt zu hoffen, daß es dort so gepflegt zugehen wird wie auf dem Schiff.

Der Weg, den das Schiff von Sankt Petersburg nach Moskau nimmt, besteht aus einem von verschiedenen Zaren bereits fein ausgeklügelten, aber erst von Stalin durch furchtlose Eingriffe in die Landschaft zur Vollendung getriebenen System aus Flüssen, Seen, Kanälen und gewaltigen Stauseen. Damit die Reise etwas länger dauert, macht das Schiff einige Umwege; am Ende wird man 1800 Kilometer zurückgelegt haben.

Im Grunde ist das eine doppelte Städtereise, die den unschlagbaren Vorteil hat, daß man nur einmal ein Hotelzimmer beziehen muß. Theoretisch kann man zwischendurch sehen, wie es außerhalb dieser berühmten Städte in Rußland aussieht, aber weil von diesem Rußland nur die Sehenswürdigkeiten vorgeführt werden, an denen man busladungsweise vorbeiläuft, immer dem Schild mit der Nummer 32 hinterher, muß man sich sein Rußlandbild an den Rändern bilden – auf der Busfahrt zum Kloster Kirillo-Beloserzkij, die durch rohe Wälder führt und durch die kleine Stadt, in der das Kloster liegt; auf dem Weg von der Anlegestelle in Uglitsch zur Dmitri-Blutkirche, die an der Stelle errichtet wurde, wo der Sohn Iwans des Schrecklichen ermordet wurde, was zur »Zeit der Wirren« zu Beginn des siebzehnten Jahrhunderts führte. Bruchstücke russischer Geschichte und Ansichtskartenblicke auf die Orte, an denen sie sich ereignete. Nur der Aufenthalt in Jaroslawl vermittelt eine Ahnung vom russischen Alltag, denn dort gibt es um die Sehenswürdigkeiten herum eine richtige Provinzstadt, in der auch am Sonntag die Läden geöffnet sind.

Natürlich werden Fetzen von Erinnerung hängenbleiben, am ehesten an die im Onegasee gelegene Insel Kishi im Norden Kareliens, wo ein Freilichtmuseum zeigt, wie schwer das Leben hier einst auch für die reichen Bauern war. Das Vorzeigestück auf Kishi ist die große alte Verklärungskirche, deren Holzschindeln golden in der Sonne leuchten, wenn sie neu sind, und silbern, wenn sie schon älter sind. Aber die Erinnerung wird zuvörderst eine an die hyperboräisch reine Kälte auf Kishi sein, die man nur an Binnengewässern erlebt, nicht am Meer.

Bei dieser vollkommen sicheren Art des Reisens mit durchweg angenehmen Gefährten erlebt man natürlich absolut überhaupt total gar nichts. Dafür nimmt sie einem die Angst vor dem Land, weil man hinterher ja im Prinzip schon einmal dort gewesen sein wird. Für das Wohlergehen der 186 Passagiere, die deutsch, englisch, französisch und italienisch sprechen, sind 120 Personen zuständig. Mehr Betreuung kann man sich nicht wünschen, und es war auch alles exakt so, wie im Programm versprochen. Das Schiff legte überall pünktlich an, und es ging unterwegs keiner verloren.

Am ersten Abend wurde der Platz im Restaurant zugewiesen, an dem man dann jeden Tag das Essen »in einer Sitzung« einnahm, auch die Tischgenossen wurden zugewiesen. Nach dem opulenten Frühstück jeweils zwei viergängige Menüs pro Tag erbrachten drei Pfund Gewichtszunahme. Alle Leute, die auf dem Schiff arbeiten, tragen Namensschilder und sie haben alle nur einen Vornamen. Sie heißen Julia, Svetlana, Leyli, Katja, Irina, Tatjana, Julian, Kostja, Christian, Andrej. Sie lassen die Motoren laufen, werfen und heben den Anker, kochen, bringen, füllen nach, räumen auf und machen den ganzen Tag Programm: begleiten einen auf »geführten Spaziergängen«, halten in drei Sprachen Vorträge über Rußlands Geschichte und seine politische Entwicklung in den letzten

Jahren, unterrichten Russisch, veranstalten ein Quiz und machen jeden Abend in der Bar Musik, wobei man lernt, daß das Lied mit dem Refrain »Those were the days« in Wirklichkeit keine englische Folklore, sondern ein russisches Volkslied ist. Und »Kalinka« wird man bis an den Rest seiner Tage im Schlaf noch singen können.

Tagsüber ziehen draußen Anflüge von Landschaft vorüber. Am einen Ufer stehen zum Beispiel kleine Ansiedlungen aus Holzhäusern und auf dem anderen große Industrieanlagen, diese aber viel seltener als die Holzhäuser. Die meiste Zeit sieht man an beiden Ufern nur Bäume, meist Birken, manchmal Kiefern. Diese Welt da draußen ist stets so weit entfernt wie ein Fernsehapparat und so real wie ein Dokumentarfilm. Nur tritt man gelegentlich in ihn hinein.

Doch kurz bevor das Hirn endgültig ins Koma gleitet, erreicht das Schiff Moskau, und mit einem Schlag ist alles wieder gut. Es dauert eine Stunde, bis der Bus vom in den dreißiger Jahren errichteten, herrlichen Flußschiffhafen aus den Roten Platz erreicht hat, wobei die Fahrt immer geradeaus geht, und daß es so lange dauert, liegt nicht allein am Verkehr, sondern ebenso an der Entfernung. Auf dieser Fahrt kehren die Wirklichkeit und mit ihr Wahrnehmungs- und Denkvermögen zurück, das geht gar nicht anders.

Moskau würde nämlich auch Tote wieder zum Leben erwecken, denn nicht nur die Dimensionen dieser Stadt sind gigantisch, da in jeder Epoche ihrer Geschichte alles immer so groß wie irgend möglich angelegt und gebaut wurde, sondern auch ihre Vitalität ist es. Gigantisch! Alle anderen überdimensionierten europäischen Städte sind beschauliche Dörfer gegen diese Stadt, die vollsteht mit den größten Häusern an den breitesten Straßen, über die ungeheure Mengen der teuersten Autos rasen, während sie zugleich von den meisten Menschen bevölkert ist. Das ist der Unterschied zu anderen Zeugnissen vergangenen Größenwahns: in Moskau ist die Bevölkerung groß genug, um die Stadt zu füllen. Vielleicht liegt es daran, daß der Größenwahn hier noch nicht vergangen ist. Wenn man sich diese Stadt anschaut, erscheint er berechtigt.

Natürlich findet man in Moskau die erwarteten krassen Gegensätze, steht vor dem perfekt renovierten riesengroßen Delikatessengeschäft aus der Zeit vor der Revolution ein alter Herr im Anzug, der bettelt (und dem jeder etwas gibt); natürlich gibt es dort das luxuriöseste aller Luxuskaufhäuser (nicht das GUM, sondern das ZUM!), aber auch alle hundert Meter ein Blumengeschäft und an jeder Ecke eine Schriftsteller-statue; natürlich wirkt die Lubjanka, die einstige KGB-Zentra-le, heute, da Teile des FSB, einer seiner Nachfolgeorganisatio-nen, darin untergebracht sind, immer noch sehr bedrohlich, doch im Viertel dahinter wird gebaut und renoviert und bürgerlich solide gelebt. Offenbar findet hier alles gleichzeitig statt. Es ist großartig.


»A supposedly fun thing I'll never do again« überschrieb David Foster Wallace seinen Bericht von einer Hochseekreuzfahrt. Was Rußland angeht, ist zu widersprechen. »Nach Moskau!« kommt man am besten auf dem Schiff. Denn Moskau wäre womöglich gar nicht auszuhalten und nicht in seiner ganzen Wucht wahrzunehmen, wenn man nicht eine Woche voll-kommener Ruhe und Entmündigung hinter sich hätte. Man könnte das ja auch eine Woche totaler Entspannung nennen, der Krach und Wonne das perfekte Gegengift sind. Insofern wäre so eine Flußkreuzfahrt die beste Art und Weise, Moskau zu erreichen. Weil man dieses Rußland dann vielleicht noch am ehesten begreift, dieses Große, Gewaltige, das bis nach China reicht.

II

Die Zeit steht nicht still, und nichts ist flüchtiger als die Gegenwart. Kaum hat sie sich ereignet, ist sie schon Erinnerung,
die zu einer neuen Gegenwart gehört. Wenn man lange genug
wartet, heißt sie Geschichte, und wenn die Gegenwart in
deren Formen stattfindet, nennt man sie lebendig. Wie sich
so etwas an einem konkreten Raum auswirkt, erlebt man im
Vitebsker Bahnhof in Sankt Petersburg. In dem haben sich
gut hundert Jahre so abgelagert, daß sie nun alle gleichzeitig
vorhanden sind.

Der Vitebsker ist einer von fünf Bahnhöfen in Sankt Petersburg, und er wurde, wie praktisch die ganze Stadt, vor wenigen
Jahren renoviert, im Jahr 2003, als die Stadt den dreihundert-
sten Jahrestag ihrer Gründung feierte. Von diesem Bahnhof
fuhren am 30. Oktober 1837 die ersten Züge ab, er ist der
älteste Rußlands. Seine aktuelle Form erhielt er jedoch erst zu
Beginn des zwanzigsten Jahrhunderts, in den Jahren 1901–04,
als der Jugendstil das Gebot der Stunde war. Der Vitebsker
Bahnhof ist gewiß nicht die Vollendung dieser Form der Bau-
kunst, aber gerade das macht ihn so aufregend. Denn man
kann mehr mit ihm anfangen, als ehrfürchtig bewundernd
davor- oder in ihm herumzustehen. Tatsächlich wird man hier
weitergedrängt, wenn man stehenbleibt, denn dieser Bahnhof
ist einer in Benutzung: Wer von Sankt Petersburg mit dem
Zug nach Belarus fahren will, beginnt seine Reise hier, und
wer mit dem Zug aus Westeuropa anreist, der kommt hier an.

Moderne Dinge sind durchaus vorhanden: Es stehen Geld-
automaten herum, die zwei kleinen Restaurants (oder großen
Imbisse, je nach Betrachtungsweise) werben mit Leucht-
reklame um Kundschaft, und die Ankunft und Abfahrt der
Züge von und nach Vitebsk, Vilnius, Minsk und so weiter wird
im Wartesaal im ersten Stock auf elektronischen Tafeln ange-
zeigt, was man von bequemen neuen Stühlen aus verfolgen

kann. Jedoch wurden so gut wie keine Ein- oder Umbauten vorgenommen, wenn man von den zwei oder drei Verkaufsvitrinen in der Halle vor den eigentlichen Bahnsteigen im ersten Stock absieht; die wurden anscheinend neu hingestellt.

Die Substanz wurde also nicht verändert, und darum faßt man sofort Vertrauen zu diesem Bahnhof. Es gibt keine Rolltreppen, keine Gepäckbeförderungsbänder, keine automatisch sich öffnenden Schiebetüren. Sondern man geht breite flache Treppen hinauf, die Fliesen auf dem Boden sind im Ornament persischer Teppiche gelegt, und betreten hat man das Gebäude durch eine Schwingtür aus Holz. Von den drei Eingängen ist nur der linke unter dem Uhrturm geöffnet. Er führt in einen Vorraum, rechts geht es zu einem der drei Wartesäle. Hier sitzt man auf alten Holzbänken, und die Decke wurde nicht abgehängt, sondern ihr Stuck restauriert. Die Säulenfüße in diesem Raum stecken in ihren alten Holzverkleidungen, und über die Wand, in der sich die Fenster zu den Fahrkartenschaltern befinden, läuft ein florales Gipsornament, wie es zur Zeit der Erbauung modern war.

Man kann hier sitzenbleiben und staunen. Wenn man dann noch mehr staunen will, geht man weiter und gelangt in eine prächtige Halle. Die liegt hinter der rechten, heute geschlossenen Eingangstür, und von hier führt eine imperiale Treppe in den ersten Stock hinauf, in den großen Wartesaal für die erste Klasse oder vielleicht auch gleich für die Zarenfamilie. An den Wänden sind Bänke eingebaut, mitten im Raum steht ein Konzertflügel, und das Fotografieren ist, warum auch immer, streng verboten. Der Fries mit Wandgemälden unter der Decke, der die Geschichte des Bahnhofs darstellt, zeigt auch eine Szene vom Beginn der fünfziger Jahre, auf der ein Auto und ein Bus zu sehen sind.

Von hier zu den Gleisen geht es durch eine weitere Vorhalle, in der man sich auf Gehbrücken an schwarze verschnörkelte

Eisengeländer lehnen und zu den nun doch neuen Gepäckaufbewahrungsboxen im Erdgeschoß hinunterschauen kann; man könnte sogar eine eiserne Wendeltreppe hinuntergehen. Und das Glasdach über den als einzige in ganz Rußland überdachten Bahnsteigen stützen mit Eisenblüten verzierte Pfeiler.

Die Zeit hat sich hier geschichtet, und das freut das Herz. Die Sowjetzeit findet man nämlich nicht nur auf dem Wandgemälde des zum Festsaal gewordenen Wartesaals für die Reichen, sondern noch deutlicher im Bahnhofsklo. Dort sitzen dem Eingang gegenüber zwei vorbildlich griesgrämige Damen in Kittelschürzen und fortgeschrittenen Alters. Sie verlangen siebzehn Rubel für die Benutzung, und es riecht nach Ostblock, nach einer Mischung aus scharfem Chemieputzmittel und Urin. Auf dem langen Waschtisch stehen Topfpflanzen, und es sieht alles sehr sauber aus, ohne es wirklich zu sein. Nichts ging hier verloren. Eine Perle.

*Vitebskij vokzal, Sankt Petersburg, Sagorodnyj Prospekt 52, direkt neben der Metro-Station Puschkinskaja.*

– Es wuselt. Alles befindet sich im Grundzustand.

– Der Kollege zeigt mir den Roman »Menschen im Sumpf«
des belarussischen Großdichters Iwan Melež, den er gerade
liest. Dessen Widmung lautet: »Dem Vater, der Mutter, der
Heimaterde«, und das ist absolut großartig und haut mich
um. »Dahin muß man erst einmal kommen!«, rufe ich aus,
»das muß man erst einmal schaffen!«, und frage mich laut,
was dieser Widmung wohl in unserem Heimatland entspräche. »Den Bundesbürgern« sagt die Freundin des Kollegen,
und sie hat recht. Den Bundesbürgern.

– Der vielleicht siebzehn Jahre alte Junge, den ich in Sankt
Petersburg auf der Straße sah (auf der uliza Marata, schräg
gegenüber von dem Haus, in dem Schostakowitsch als junger Mann gewohnt hat) und von dem ich dachte, so müsse
Nabokov in seinem Alter gewesen sein. Es umwehte ihn
eine absolute Überlegenheit, ein Hochmut, wie er Göttern
zustünde, und dieser Hochmut erschien vollkommen berechtigt; das war es, was mich so erstaunte. Er trug einen
Hauch von Lächeln im Gesicht, einen Hauch von Lächeln
über die grandiose Unzulänglichkeit der Welt. Zugleich war
ich mir sicher, daß er in einer Familie lebte, in der alle wußten, daß er über dieser Welt stand, wie wahrscheinlich die
ganze Familie darüber stand, absolut.

Womöglich war sein Lächeln gar kein Hochmut, sondern
eine natürliche Vornehmheit; womöglich war ich einem
wahren Aristokraten begegnet, jemandem, den ich mir nir-
gendwo anders als in Sankt Petersburg vorstellen kann.

DIE RUSSOPHILIE muß man sich wie ein Virus vorstellen, das eine unheilbare Krankheit auslöst. Man ist dieser Liebe zu Rußland hilflos ausgeliefert. Das sehe ich an meinem Beispiel, und so bestätigen es alle, die ebenfalls davon befallen sind. Der amerikanische Schriftsteller Ian Frazier zum Beispiel beschreibt in seinem Buch »Travels in Siberia«, wie er an seinem allerersten Abend in Moskau, nach einem Interkontinentalflug mit Umsteigen in Helsinki, nicht einschlafen konnte, weil er so verliebt war; diese Liebe hatte ihn gleich am Flughafen befallen. Wegen dieser Liebe zog er von New York nach Missoula in Montana um, weil Alaska Airlines von dort aus Flüge anbot, die ihn mit nur einmaligem Umsteigen nach Sibirien gelangen ließen.

Meine erste russische Stadt war Sankt Petersburg (an den Besuch von Kaliningrad sechs Jahre zuvor erinnerte ich mich erst viel später, denn jene Reise war nicht als eine nach Rußland, sondern als eine nach Ostpreußen unternommen worden), und ich hatte meine Bangigkeit vor der Reise durch den Gedanken beruhigt, daß eine Stadt, auf die man sich durch die Lektüre von Nabokov und mit der Musik von Schostakowitsch vorbereiten kann, keine ganz schlechte sein kann. Tatsächlich habe ich den Vitebsker Bahnhof zufällig gefunden, nachdem ich mir das zwei Straßen entfernt liegende Geburtshaus von Schostakowitsch angeschaut hatte, und beim weiteren Spaziergang bin ich nicht nur zufällig an Dostojewskis Heumarkt vorbeigekommen, sondern fast ebenso zufällig zu Nabokovs Elternhaus gelangt. Doch war ich zu diesem Zeitpunkt eh schon verloren, denn ich habe mich offenbar schon beim Anflug verliebt (siehe oben, S. 117), und sehr schnell wuchs meine Liebe ins Unermeßliche. Wieder daheim, wollte ich nur noch russische Bücher lesen (was stets aufs neue beglückt) und bald auch Russisch lernen, um Schostakowitsch endlich im Original hören zu können.

Die Russophilie hat mir eine Richtung vorgegeben. Nicht nur ist das Land selbst unendlich groß und besteht zum größten Teil aus Sibirien, wo ich gerne einmal einen Winter verbringen würde, sondern es ist auch alles Russische so unendlich viel – von allem: von Büchern, Musik, Essen, Lebensweise, und weder streckt es einem die Arme entgegen, noch präsentiert es sich sonderlich freundlich. Vielmehr muß es mit Vorsatz erschlossen werden. Von dem vielen Schlimmen, das man aus Rußland hört, darf man sich dabei nicht beirren lassen, das darf man nur zur Kenntnis nehmen. Dann wird man schon beim kleinsten Versuch, es sich zu erschließen, reich belohnt. Warum das so ist, was mich eigentlich begeistert, könnte ich gar nicht genau sagen. Aber so ist das mit der Liebe; wenn man sich in einen Menschen verliebt, weiß man ja auch nicht gleich, warum. (Mit der Liebe zu anderen Ländern und Kulturen wird es genauso sein. Die grundsätzliche Frage ist, warum man sich überhaupt in ein fremdes Land verliebt. Für mich war das erst möglich, als ich mich an meinem eigenen nicht mehr abschaffen mußte.)

Vielleicht war also der Grund, warum ich dem einst Geliebten nach der Rückkehr von dieser Reise einen Absagebrief schrieb, gar nicht meine Vernunft, sondern der Ausbruch der Russophilie. Weil ich eine neue Liebe gefunden hatte, brauchte ich die zu ihm nicht mehr.

# Heavy Metal

D̲i̲e̲ G̲e̲s̲t̲a̲l̲t̲e̲n̲ w̲a̲r̲e̲n̲ v̲o̲r̲ d̲e̲r̲ M̲u̲s̲i̲k̲ da. Es waren Männer Mitte fünfzig mit schlechten Zähnen, die ihr sich lichtendes Haar lang trugen. Die Konturen ihrer Körper waren schon etwas aufgeweicht vom Alter. Offenbar pflegten sie sich mit Sorgfalt und Liebe, damit man klar erkennen konnte, wie wenig sie sich um äußere Schönheit scherten. Offenbar begriffen sie ihre Erscheinung noch immer, wie in der Jugendzeit, als Statement, als ein deutliches »Ihr könnt mich alle mal«, das man womöglich auch als Kampfansage begreifen konnte. Es waren die freundlichsten Menschen der Welt.

Tony Iammo von *Black Sabbath* mit seinem in sanften Wellen auf die Schultern herabfließenden, schwarz gefärbten Haar, seiner hellblauen Brille und einem sehr großen Kreuz auf der schwarzgewandeten Brust sitzt in allen Dokumentarfilmen über Heavy Metal im Halbdunkel neben seinem Kamin und gibt mit aneinandergelegten Fingerspitzen und wenig Mimik Auskunft über die alten Zeiten, über die Anfänge der Schwermetallmusik, zu denen, darüber sind sich alle einig, *Black Sabbath* unbedingt gehören, wenn *Black Sabbath* diese Musik nicht überhaupt erfunden haben. Er macht einen vollkommen entspannten Eindruck. Der sehr zerknitterte Alice Cooper wirkt ebenfalls sehr ausgeglichen, besteht dabei aber doch darauf, daß der Begriff »Heavy Metal« zum ersten Mal in Zusammenhang mit einem seiner Konzerte gebraucht worden sei. Andere haben ihre dünn gewordenen langen Haare zu einem Pferdeschwanz zusammengebunden und lächeln, weil ihnen nichts anderes übrigbleibt, wenn sie sich an die vielen Drogen und sonstigen leiblichen Exzesse der frühen Jahre erinnern. Nicht, daß sie auf diese Erfahrungen verzichten wollten, doch hätten sie ohne sie vielleicht mehr erreicht in ihrem Leben. Aber nun war's halt anders, *don't cry over spilled milk.*

In allen Dokumentarfilmen über Heavy Metal treten diese Gestalten auf; außer Bruce Dickinson, dem Sänger von *Iron Maiden*, der im Zweitberuf Verkehrspilot ist, James Hetfield, dem Sänger, und Lars Ulrich, dem Schlagzeuger von *Metallica*, tragen alle ihre Haare lang, denn ohne lange Haare ist man kein Metalhead.

Diese Leute brachen mir das Herz, denn sie antworteten meinem Verlangen nach Freundlichkeit ohne viel Trara, nach einer ganz selbstverständlichen Freundlichkeit, die weder Grund noch Anlaß braucht. Sie waren vielleicht komisch, aber sie waren nicht eitel, sondern auch als Stars vor allem Teil einer Gemeinschaft. Gerne wollte ich zu ihnen gehören.

Die ersten beiden dieser Gestalten waren der Sänger und der Schlagzeuger der kanadischen Band *Anvil*, Steve »Lips« Kudrow und Robb Reiner. Ich sah sie im Kino in dem Film, den ein ehemaliger Roadie der Band über sie gedreht hatte. Ich war ins Kino gegangen, weil ich mir gerne Dokumentarfilme anschaue. Von diesem hatte ich ein oder zwei Jahre zuvor im BBC World Service gehört, und nun war ich begeistert. Zum einen war das ein wirklich guter Film, zum anderen rührten mir diese beiden Gestalten, die sich als Jugendliche mit dem Ziel, Rockstars zu werden, verbündet hatten und seither von diesem Vorhaben nicht abgerückt waren, schwer ans Herz; sie wühlten sich geradezu hinein.

Es war in erster Linie ein Film über eine Männerfreundschaft. Womöglich ist es deren Unverbrüchlichkeit, die den Film auch zu einem über Heavy Metal machte. Diese Welt wirkt eindimensional, aber eben diese Eindimensionalität bewirkt, daß man an seinen Zielen ebenso festhält wie an seinen Freundschaften.

*Anvil* waren vor etwa dreißig Jahren auf dem Sprung zum Erfolg, aber es hat dann doch nicht geklappt. Als sie ein paar Monate nach meinem Kinobesuch in Berlin auftraten, stellte ich fest, daß ich ihre Musik nicht sehr gut finde. Der Experte, der mich begleitete, sagte, dieses sei ein untypisches Metal-Konzert gewesen, weil »Lips«, der Sänger, auf der Bühne die ganze Zeit freundlich lächelte, wie er es schon im Film getan hatte; zudem suchte er das Publikum zu erheitern. Normalerweise träten Metal-Bands grimmig auf. Nach dem Konzert hörte ich etwa eine Stunde lang alles dumpf.

Im Alter von siebenundvierzig Jahren, fünf Monaten und vier Tagen entdeckte ich die Schwermetallmusik. Der Fachmann weiß, daß es sehr viele Arten von Metal gibt. Das ist für den Laien, der diese Arten sowieso nicht unterscheiden kann, unerheblich, und auch ich kenne sie nicht genau; ich weiß nur, daß ich vom *Speed Metal* von *Anvil* über den *Death Metal* von *Death* und den *Mathcore* von *Converge* direkt zur apokalyptischen Musik von *The Dillinger Escape Plan* gesprungen bin. Dieser Weg dauerte in der Wirklichkeit zwanzig Jahre, ich schaffte ihn in zwei Tagen.

Wenn man auf »Play« drückt, bricht sofort die Hölle los. Sie besteht aus elektrisch verstärktem Krach von sehr schnell gespielten Gitarren, Baß und Schlagzeug, der den Hintergrund bildet für unverständliches Männergebrüll.

Dieser Krach tat mir gut. Denn wenn draußen die Hölle los ist, verschwindet die Hölle drinnen. Heavy Metal verlagert die Hölle nach außen. Er ist *ferrum et ignis*, eine Heilmethode.

Meine Lieblingsband war bald *Metallica*, die als wegweisende Band des *Thrash Metal* gelten, wobei mir aber gerade die späteren Alben von *Metallica*, die den Fans der reinen Lehre zu soft sind, am besten gefielen. Meine nächste Lieblingsband war *White Zombie*, die aber gar keine Metal-Band sind, sondern einfach so toll. Toll, das ist: schnell und laut und mit dem Anspruch, etwas Letztgültiges zu schaffen. Die Lieblingsband, die am Ende blieb, ist *Ministry*, die als Wegbereiter des *Industrial Metal* gelten. *Ministry* haben sich von Album zu Album weiterentwickelt, und schon deren Titel sind eine große Freude, zum Beispiel: *The Mind is a Terrible Thing to Taste.*

Während ich mir viele der erstaunlich vielen und erstaunlich guten Dokumentarfilme über Metal anschaute, befiel mich die Sehnsucht, genauso scheiße auszusehen wie diese alten Metal-Kämpen. Manchmal fühlte ich mich nackt, weil meine Arme nicht tätowiert sind. Bis in ein Tattoo-Studio zu gehen, wäre zu weit gewesen, aber ich nahm mir vor, die Haare auch wieder lang zu tragen. Immerhin war ich nur unwesentlich jünger als diese Leute, und lange Haare sahen an mir noch nie gut aus.

Bei Metal ist es so wie beim Jazz. Man beschränkt sich nicht darauf, die Musik gerne zu hören, sondern wird Experte. Es geht nicht um einzelne Musiker, sondern um eine grundsätzliche Lebenshaltung.

Beim Jazz weiß man, wer mit wem in welchem Studio an welchem Tag in welchem Jahr was aufgenommen hat und warum, beim Metal kennt man den komplexen Stammbaum dieser Musik und spricht von einzelnen anerkannten Personen und Bands voller Verehrung und Zärtlichkeit wie von besonders geliebten Onkeln und Großvätern. (Tanten und Großmütter sind nicht vorhanden; Frauen-Metal-Bands sind Kuriositäten. It's a man's world.) Es gibt Fachzeitschriften. Die lese ich nicht. Mich interessieren die Struktur und die Haltung.

Ich hab's gerne sehr rhythmisch und schön laut. Darum war die siebte meine erste Lieblingssymphonie von Beethoven, und *Ministry* höre ich gerne im Wechsel mit der neunten Symphonie von Anton Bruckner.

FRÜHER WAR MUSIK ETWAS ANDERES.

*Play it loud.*

Früher, in der Jugend.

*Hit me with your rhythm stick.*

Früher war die einzig akzeptable Musik solche, die sehr laut aus den Lautsprechern der Stereoanlage dröhnte und ohne elektrische Unterstützung gar nicht hätte produziert werden können.

Die Verstärkungsgeräte, die es zur Herstellung ebenso wie zur Wiedergabe dieser Musik brauchte, spiegeln den Zustand, in dem der Mensch sich in den jungen Jahren befindet. Da ist nämlich auch alles verstärkt, bis zur Verzerrung verstärkt. Eigentlich genauso verzerrt wie verstärkt. Sagen wir, es ist im jungen Menschen alles so stark, weil es so verzerrt ist. Hinzu kommt der Klirrfaktor. Darum war früher die Musik immer solche, bei der Gegenwehr zwecklos war und sowieso nicht geleistet wurde. Sie erschlug einen, bumm. Freudig ließ man sich erschlagen, bumm. Gleich fühlte man sich besser.

*Wall of sound.*

Früher war der Krachfaktor das wichtigste an der Musik. Früher, in der Zeit des größten Schmerzes. Die Musik war so laut, wie der Schmerz groß war. Der Gesang, den diese Musik begleitete, kam von ganz tief drinnen, von dort, wo die Verzweiflung zuhause ist. Die Texte handelten von dem Schlimmen auf der Welt und in einem drin.

Das Schlimme auf der Welt ist so wichtig für den jungen Menschen, weil es seinem Inneren entspricht; das Schlimme draußen in der Welt ist genauso groß wie das Schlimme in ihm drin. Der junge Mensch sieht es aber umgekehrt. Er glaubt, daß es in ihm drin so schlimm sei, weil es in der Welt draußen so schlimm zugeht. Wie es wirklich zusammenhängt und ob überhaupt, lernt man erst viel später.

Die Verzweiflung und der Schmerz konnten so groß sein,

weil hormonbedingt so viel ungerichtete Kraft in einem drin
war. Die mußte aus einem raus, in den Krach. Die viele Kraft
kann auch in bestialische Lebensfreude umschlagen, doch
braucht diese denselben Krach, um ihren Ausdruck zu finden.
Kraft und Krach sind ja fast dasselbe Wort. Es ist alles über-
mächtig in diesen jungen Jahren.

Musik ohne Gesang war nicht denkbar. Der Gesang transpor-
tierte diese Inhalte:
*This is the end. My only friend, the end.*
*Outside the society, that's where I wanna be.*
*When the music's over, turn out the lights.*
Die Lieder, aus denen diese Verse stammen, waren noch
nicht ganz unsere Musik, standen aber am Anfang unserer
Musikhörerkarriere. Denn die erste Krachmusik war noch der
Krach derer, die knapp vor uns jung gewesen waren. Doch
schon bald verlangte es uns nach einer eigenen Krachmusik.
Und wir bekamen sie, wir hatten Glück. Als wir nämlich in
dem Alter waren, in dem endlich mal was passieren soll, in
dem man sich nichts sehnlicher wünscht, als daß etwas, nein,
daß alles mit Getöse in Fetzen fliegt, wurde erst der Punk erfunden, dann wurden in Berlin Häuser besetzt, und bald gab
es auch Demos mit Tränengas und Steineschmeißen, nicht nur
in Berlin, auch in Zürich. Genau darum ging es; und genau
weil ich mich nach solchen Dingen sehnte, nach Krach und
Wonne und daß alles in Fetzen fliegt, genau darum war ich
nach Berlin abgehauen.
   Die *Sex Pistols* machten Krach, nichts als Krach, *who killed
Bambi?* Die *Dead Kennedys* machten nicht nur sehr schnellen
Krach, sondern waren auch noch politisch. *Devo* waren so
abgedreht wie wir selber, die *B-52s* waren es auch, beide leider
nicht sehr politisch.
   Als »politisch« wurden nur klar als solche gemeinte Aus-

sagen, besser: Ansagen erkannt, besser: anerkannt, also noch
einmal: als »politisch« wurden nur klar als solche gemeinte,
keiner Interpretation bedürftige Ansagen anerkannt. Das muß
so sein, wenn der junge Mensch sich als »politisch« versteht;
an Strukturen und Haltungen kann er nämlich nichts Politi-
sches erkennen. Dem jungen Menschen muß ganz klar gesagt
werden, was gemeint ist, denn er kann noch nicht analysieren
und weiß noch nicht, daß andere, also erwachsene Leute
sich auch Gedanken machen. Für den jungen Menschen ist
»Macht kaputt, was euch kaputtmacht« die deutlichst mögliche politische Aussage. Noch klarer kann man nicht sagen,
worum es dem jungen Menschen geht, wenn er sich für Politik
interessiert.

Bald machten deutsche Bands Texte, die wir verstanden und
mit denen wir etwas anfangen konnten:

*Alle Worte tausendmal gesagt,*

*alle Fragen tausendmal gefragt,*

*alle Gefühle tausendmal gefühlt,*

*komm, wir lassen uns erschießen.*

Zwar auch nicht sonderlich politisch, aber da war es dann
plötzlich doch die Haltung, die zählte, und die war genau das,
wonach wir uns verzehrt hatten. Genau das, was wir brauch-
ten. Alle jungen Leute brauchen das.

Die gute Musik bestand nun weniger aus Krach, sondern
hauptsächlich aus Aggression, Wut und Verzweiflung (aber
auch aus großem Gelächter). Sie war immer noch laut und
wurde immer noch mit elektrischer Verstärkung hergestellt,
und vor allem war sie sehr schnell. Damit entsprach sie unserer Zeit. Die war auch sehr schnell, weil knapp bemessen,
immerhin stand der Weltuntergang in Gestalt des Atomkriegs
kurz bevor (Nato-Doppelbeschluß).

*Die zweite Hälfte des Himmels*
*könnt ihr haben,*
*das Hier und das Jetzt,*
*das behalte ich*
in einer Sommernacht im Jahr 1981 in einem besetzten Haus in Berlin-Schöneberg. Da war es schön, jung zu sein.

Irgendwann hat es aufgehört. Erst das Verlangen nach irgendwie politischen *lyrics*, darum konnte zum Beispiel *Prince* goutiert werden. Zu jener Zeit, als *Prince* ein großer Star war, hatte der junge Mensch, ich kann auch einfach »ich« sagen und muß das sogar, denn mit dem Ende der Jugendzeit trennen sich die Wege, und es entwickelt sich jeder auf seine eigene Weise weiter, zu jener Zeit also, da *Prince* ein großer Star war, hatte ich schon begriffen, daß die politischen Äußerungen von Rock- und Pop-Musikern tatsächlich nicht viel mehr als eine Geste sind, meinetwegen auch eine Haltung, daß sie aber doch eher dazu dienen, etwas zu singen zu haben, als dazu, die Revolution auszulösen. Ich hatte schon begriffen, daß es mehr auf die Musik ankommt als auf die *lyrics*; daß schlechte Musik nicht durch politische Mitteilungen gut wird, während es bei guter Musik schon reicht, wenn die *lyrics* nicht völlig bescheuert sind. (Allerdings ist es hier genauso wie bei Form und Inhalt eines Romans: beide müssen sich entsprechen, damit es ein guter Roman ist. Auch schöne Musik ist nicht lange auszuhalten, wenn dazu Blödsinn gesungen wird, vgl. oben, S. 40). Noch nicht begriffen hatte ich, daß Musik nicht durch die *lyrics* wirkt, sondern auf andere Weise. Und daß diese Wirkung mit Politik nichts zu tun hat. Mit anderen Worten, tatsächlich für Musik begann ich mich erst später zu interessieren, als ich dreißig Jahre alt geworden war und es sich unverhofft ergab, regelmäßig in die Philharmonie gehen zu können. Im Sommer davor war ich das erste Mal in Bayreuth gewesen *(Tannhäuser)*.

In den folgenden siebzehn Jahren konnte ich andere als klassische Musik kaum ertragen. Und dann fand ich plötzlich Heavy Metal gut. Doch war das nur konsequent. Denn diese Musik entdeckte ich in einem Moment, in dem der Schmerz wieder derselbe war wie ganz früher und darum noch größer.

In den mittleren Jahren unter demselben Schmerz zu leiden wie in der Pubertät, bedeutete, daß mein Leben verfehlt war. Ich konnte mit Grund befürchten, daß es immer so bleiben und sich nichts mehr ändern würde, weil die Grundkonstruktion komplett falsch war, und der Rost sich schon so fest hineingefressen hatte, daß die einzelnen Elemente nicht mehr voneinander zu lösen sein würden, um etwas Neues zu konstruieren. Darum war ich so verzweifelt. Weil ich schon am Ende angekommen war.

Mein Pubertätsproblem löste sich auf, indem ich zu der Art von Musik zurückkehrte, die einem die Pubertät erträglich macht. Es löste sich, und ich löste mich, als ich begann, Musik zu hören, die zu meinem Entwicklungsstand paßte.

Bald bekam ich Aggressionen beim Hören von Popmusik. Da hörte ich nur Geklimper von Kindern reicher Leute für andere Kinder reicher Leute. Aufgesetzte Naivität, die nervt. Lebensangst, aber ohne Bewußtsein davon. Nicht die Faust ballen, sondern die Hände schlaff schlackern lassen, weil, ist ja eh alles egal (oder so).

Es ist etwas hinzugekommen, eine Klarheit. Die betrifft das Wesen der Musik weniger als das Wesen der Kunst. Nein, zu pompös, ich meine etwas viel Einfacheres: Ich stelle fest, welche Kunst mich interessiert und welche nicht, und wundere mich dabei darüber, daß andere sich für die andere Kunst tatsächlich interessieren und sie ihnen genügt. Denn die andere Kunst ist die, die nicht nach dem Absoluten strebt, sondern nach dem Zeitvertreib. Die nicht das Unhintergehbare, Letztgültige, Maßstäbesetzende im jeweiligen Genre der jeweiligen Gattung oder gleich in der Gattung überhaupt sein will, sich nicht am Goldstandard orientiert, sondern daran, daß die Zeit bis zum Tod irgendwie herumgebracht werden muß, ohne darauf hinzuweisen, daß *l'inconvenient d'être né* eine sehr milde Beschreibung des unerträglichen Zustands ist, in welchem man sich zwischen Geburt und Tod befindet. Sondern sich darein ergibt, in den *Nachteil, geboren zu sein,* und es einem auch noch leicht zu machen versucht. Das ist die andere Kunst; die, die mich nicht interessiert.

Sicher hat sie ihre Berechtigung und ihre guten Seiten, aber nur für den Rezipienten. Ich frage mich nicht, warum man sich Popmusik anhört, Hollywood-Filme anschaut, Unterhaltungsromane liest, das kann ich alles verstehen, ich frage mich, wie man es schafft, so etwas herzustellen. Wie man bei der Herstellung von Kunst etwas anderes anstreben kann als das Unhintergehbare, Letztgültige, Maßstäbesetzende, Absolute, das einen so deutlichen Punkt setzt, daß danach lange nichts mehr kommen kann.

Rückreise

PARIS

Mutter und Tochter an der Bushaltestelle, die Tochter schon groß. Wechselweise stummes lautes Lachen, also das ganze Gesicht mit weit geöffnetem Mund wie bei einem großen Lachen verzogen, aber kein Ton. So schaut erst die Mutter die Tochter an. Dann betrachtet diese ein DIN-A4-Blatt, auf dessen einer Seite groß das heutige Datum und darunter vermutlich Instruktionen stehen; auf der Rückseite gibt es einen gezeichneten Auszug aus dem Stadtplan. Davon aufblickend präsentiert die Tochter der Mutter dieses große stumme Lachen, dieses grotesk verzerrte Gesicht.

In der rue Danton heißt ein modernes Antiquariat »Mona lisait«.

Kurz vor der place St. Michel geht ein Ehepaar, beide etwa sechzig Jahre alt, vor mir her, rechts der Mann, links die Frau. Der Mann wendet sich am Zebrastreifen plötzlich nach rechts, zeigt auch mit seinem Regenschirm in diese Richtung. Die Frau hat durch dieses Manöver ihren Gefährten verloren, sie steht hinter ihm und wirkt heillos verstört, wilde Sorge ist in ihrem Blick. Sie gelangt aber gleich wieder neben ihren Mann, und gemeinsam und nebeneinander überqueren sie die schmale leere Straße auf dem Zebrastreifen, einem schönen Zivilisationszubehör. Doch für einen Moment waren sie Urmenschen, die sich ihren Weg durch unbekanntes Gelände bahnen müssen; umgeben von absolut feindlicher Natur, gnadenlos aufeinander angewiesen.

Der schlechte Kaffee (grand crème) im Café »Le Fénelon« an der place St. Michel kostet 4,50 Euro.

Bei Gibert Jeune sehe ich Mutter und Tochter wieder; sie kommen aus der Schreibwarenabteilung. Die Tochter trägt einen ganzen Korb voller Schreibzeug.

In der rue de Condé heißt ein Café »Les Éditeurs«.

Am Abend zieht ein Flugzeug seinen Kondensstreifen schräg durch den schmalen blauen Himmelsausschnitt, den die dörflich kleine passage Landrieu freiläßt. Als folgten Flugzeuge dem Stadtplan, als befände ich mich hier in einem dreidimensionalen Computerspiel. Die Straße ist auch so sauber.

Montmartre, rue des Abesses. Ein Mann um die siebzig mit etwas zu langem glatten grauen Haar, einem großen Goldring an der rechten Hand und einer in Bordeaux und Violett leuchtend gemusterten Krawatte geht vorbei. Er trägt das Jackett einer Pilotenuniform, das goldene Knöpfe und vier goldene Streifen auf jedem Ärmel zieren, und ich frage mich, ob er gerade den Film »Catch me if you can« gesehen hat, oder ob er einfach, was seine Vorstellung von Coolness angeht, in den sechziger Jahren hängengeblieben ist.

Der Bus Nr. 80 fährt die rue de Saint-Petersbourg entlang. Eine Haltestelle heißt »Bucarest« und die nächste »Europe«.


MAINZ

Das Halbrund des Bahnhofsvorplatzes ist von langen Fahnenstangen markiert. An zwei Masten weht das Banner der Bundesrepublik Deutschland, an sieben weiteren das der Stadt Mainz: »zwei durch ein silbernes Kreuz verbundene, schräg gestellte, sechsspeichige, silberne Räder auf rotem Untergrund. Die Stadtfarben sind Rot-Weiß« (Wikipedia).

Links vor dem Bahnhofsgebäude werden Probefahrten mit

dem Smart angeboten. Es steht ein Smart mit geöffneten Türen vor einer Art Rampe, daneben steht ein winziges mobiles
Häuschen, an dem man Verträge ausfüllen kann, es stehen
auch Sonnenschirme herum, außerdem ein paar Leute.

Zentral vor dem Bahnhof thront ein violett lackierter Con-
tainer mit Vorbau, aus dem Blödpop herausschallt; auf einem
Bildschirm an der Stirnseite sind Filme mit maßvoll hüpfen-
den Kindern zu sehen. Schriftlich wird daneben zu »Jump
in« aufgefordert, in größerer Schrift ist an mehreren Stellen
»KINECT für XBCX360« zu lesen. Vor dem Vorbau stehen
einige Kinder offensichtlich an.

Rechts vor dem Bahnhof findet die Verpflegung statt. Auf
dem Platz steht eine große runde Döner-Bude, im Gebäude
selbst gibt es Filialen der Firmen Segafredo und McDonald's/
McCafé.

Alle Männer, die sich in der Nähe des Aschenbechers neben
den nichtbelegten Tischen des Segafredo-Lokals aufhalten,
haben kurzgeschorene Köpfe und tragen Jeans und T-Shirts.
Die meisten sind jung. Alle T-Shirts sind mit Schrift bedruckt
(»Fraport«, »Fly Emirates«, »San Diego«). Die nicht rauchen-
den Männer an dem Stehtisch vor dem Imbiß sind schon
etwas älter und im selben Stil gekleidet; nur tragen die meisten Windjacken über ihren T-Shirts und manche außerdem
schwarz-blaue Fußball-Fan-Schals. Einer von ihnen hat auch
ein schwarz-blaues »Fly Emirates«-T-Shirt an, das als weitere
Werbung mit Adidas-Streifen versehen ist, und langsam begin-
ne ich zu begreifen. Auf dem Bahnsteig versammeln sich später
noch viele weitere Träger solcher T-Shirts. Die »Fly Emirates«-
Fans sind gemeinsam mit den »Fraport«-Fans auf dem Weg ins
Fußballstadion. Welche Mannschaften heute gegeneinander
spielen, kann nur wissen, wer sich für Fußball interessiert und
darum einen Verein seinem Sponsor zuordnen kann. Die anderen wissen nur, welche Firmen Fußballvereine sponsern.

Natürlich laufen diese Leute Werbung, und natürlich haben sie dafür bezahlt, als Werbeträger zu fungieren, doch ist es etwas Besonderes. Denn sie machen zwar Werbung für bestimmte Firmen, meinen damit aber etwas anderes, nämlich ihren Fußballverein. Welcher wiederum auf Geld von Sponsoren angewiesen ist. So daß diese Fußballanhänger in Wirklichkeit ein gutes Werk tun und aus Liebe handeln, wenn sie als Reklametafeln herumlaufen. Es kann sein, daß ihnen gar nicht auffällt, was sie da tun, weil ein Großteil der Bevölkerung dasselbe tut, jedoch unterscheiden sie sich dramatisch von den Leuten, die die Logos der Hersteller ihrer Kleidung spazierentragen. Denn die Werbung der Fußballanhänger weist über sich hinaus, während die Werbung der anderen nur sich selbst meint und damit nichts weiter ist als ebendies: Werbung. Für die sie auch noch selbst bezahlt haben. (Und je teurer die Kleidung, desto größer die Werbung, die darauf angebracht ist. Allerdings sind Fußball-Fan-Trikots auch sehr teuer.)

Die Fußballfreunde können einem leid tun, weil ihre Liebe sie dazu zwingt, sich für die Zwecke irgendwelcher Firmen instrumentalisieren zu lassen; die anderen, die dasselbe ohne Not tun, können einem höchstens in einem zynischen Sinne leid tun: weil sie so blöd sind.

FRANKFURT

Im weiträumigen Zwischengeschoß des Hauptbahnhofs absolute Verlassenheit, weil ich mich nicht zurechtfinde und erst in zwei Stunden verabredet bin. Von hier aus geht es zu den U-Bahnen, aber ich weiß nicht, welche ich nehmen muß, und finde nirgends Informationen. Schließlich rechne ich mir mittels eines großen Stadtplans aus, welche Bahn die richtige sein wird. Dann verstehe ich den Fahrkartenautomaten nicht, denn der ist anscheinend gar nicht für die U-Bahn gedacht;

außerdem kann man nur mit Münzen oder kleinen Scheinen zahlen. Über beides verfüge ich nicht. Dieses Zwischengeschoß ist die Hölle.

Alle Schutzschichten sind abgeschmolzen. Ich bin in der Fremde und ziehe einen Rollkoffer hinter mir her, auf den ich außerdem eine große gepolsterte Tasche mit Laptop und Büchern geschnallt habe. Es kennt mich keiner, ich kenne keinen. Hier ist niemand, für den ich auch nur annähernd von Bedeutung wäre. Sollte mir jetzt einer auch nur ein bißchen blöd kommen, fange ich an zu heulen.

(Am nächsten Tag stelle ich fest, daß es in diesem Hauptbahnhof nicht einmal Hinweise darauf gibt, welche S-Bahn zum Flughafen fährt; allerdings finde ich später auf dem richtigen S-Bahnsteig, auf den ich mithilfe eines einheimischen Sicherheitsbeamten gelangte, einen Plan des Flughafens, auf dem eingezeichnet ist, welche Fluggesellschaften von welchen Terminals aus operieren. Wo man aussteigen muß, erfährt man, wo man einsteigen muß, erfährt man nicht. Die Stadt Frankfurt tut so, als habe sie mit ihrem Flughafen, dem größten Deutschlands, dem drittgrößten Europas, dem neuntgrößten der Welt, weiter nichts zu tun. – Zum Ausgleich verfügen die Frankfurter Taxifahrer über eine Weltläufigkeit, von der man in Berlin nicht einmal zu träumen wagt.)

Am Ende fahre ich mit der richtigen U-Bahn zur richtigen Haltestelle. Zwei Ausländerinnen haben mir heute geholfen. Am Mainzer Bahnhof sagte mir eine Koreanerin, die mit mir im Lift stand, daß ich im richtigen Geschoß angekommen sei; ich verstand sie erst nicht, weil sie »erste Geschoß« sagte, wo ich doch ins Erdgeschoß wollte. Auf dem richtigen Frankfurter U-Bahnhof wies mich eine Inderin, als sie mich mit meinem Gepäck zagend an der Treppe stehen sah, darauf hin, daß es einen Aufzug gebe. Ich habe ihr nicht genug vertraut und die Rolltreppe genommen, die ich fand, als ich in die von ihr gewiesene Richtung ging; erst, als ich mein Gepäck vom Zwischengeschoß über die Treppe auf die Straße gehievt hatte, sah ich, daß es tatsächlich einen Aufzug gibt; der führt von der Straße direkt auf den Bahnsteig. Tag der Zwischengeschosse.

Nun bin ich fast am Ziel und muß nur noch eine Stunde warten. Die Weinerlichkeit ist vergangen, die urbanen Kräfte sind zurückgekehrt: Bei »Friseur & Kaffeebar« darf ich aufs Klo gehen, im Getränkemarkt erwerbe ich das vom Verkäufer empfohlene stille Mineralwasser aus der Region; damit setze ich mich vor das geschlossene italienische Lokal an der nächsten Ecke, dessen Stühle und Tische mit langen Drahtseilen und Vorhängeschlössern zusammengebunden sind. Auf der anderen Seite der kleinen Kreuzung verkauft ein Gärtner aus dem Umland aus einem kleinen Transporter heraus kleine Sträuße kleiner Rosen. Seine jungen Hilfskräfte sitzen auch an einem der leeren Tische vor dem geschlossenen Lokal, aber um die Ecke, ich sehe sie erst beim Aufbruch. Es gehen Kleinfamilien mit ihren wenigen Einkäufen vorbei, alte Eltern mit ihren Einzelkindern; ich befinde mich hier in einem bürgerlichen Idyll. Als genug Zeit verstrichen ist, kaufe ich einen Rosenstrauß, bringe die leere Flasche in den Getränkemarkt zurück und ziehe mein Gepäck noch zweihundert Meter weiter. Ich klingle, es wird mir geöffnet. Ich bin keine Fremde mehr, sondern willkommener Gast.


BERLIN

Die Fliege, die mir eine Stunde lang auf die Nerven ging, weil sie sich mit ihren besonders großen Schilleraugen so träge über meinen Schreibtisch und Bildschirm schleppte und auf Verscheuchungsbemühungen nicht zackig, sondern nur anstandshalber reagierte, macht plötzlich einen großen Sprung, den ich ihr in dieser Geschwindigkeit nicht zugetraut hätte, landet auf dem Rücken, dreht sich sirrend ein paarmal im Kreis, legt die Beinchen zusammen und ist tot.

Darum war sie so anders als andere Fliegen: es war ihre letzte Stunde, die sie auf meinem Schreibtisch verbrachte, ihr Greisenalter.

Im billigen Blumenladen arbeitet eine dicke Vietnamesin, ein seltener Anblick. Sie ist sehr freundlich und beherrscht die im Geschäftsleben üblichen deutschen Floskeln. Die benutzt sie in einem fort und spricht sie alle verstümmelt aus.

Schräg gegenüber vom Friedhofseingang gibt es einen Aufenthalts- und Beschäftigungsort für Arme. Man schaut durch große Glasscheiben hinein, es stehen dort Tische, an manchen sitzen Leute, und an der Eingangstür hängt ein Schild mit dem Hinweis, daß dieser Ort kein öffentliches Restaurant sei.

Im Friedhofseingang stehen die Träger neben dem Sarg und warten auf die Trauergemeinde, die vom Ort der Trauerfeier erst hierher gelangen muß.

Im Selbstbedienungseiscafé ein Stück weiter die Straße hinauf lege ich meinen billigen Blumenstrauß auf einen Stuhl an einem Tisch, dann gehe ich hinein, um mir einen Kaffee und zwei Kugeln Eis (gegen den Hunger) geben zu lassen, und als ich wieder herauskomme, haben an dem von mir markierten Tisch zwei Personen Platz genommen, von denen mir die eine zuvor schon auf der Straße aufgefallen war. Es ist dies eine völlig zerstörte, sehr dünne Frau von etwa sechzig Jahren, die aus ihrem Gesicht eine Clownsmaske gemacht hat. Mit dem Lippenstift ist sie nicht den Konturen ihres Mundes gefolgt, sondern hat ihn weit überschminkt, die Augen hat sie tiefschwarz umrandet, die Augenbrauen zu tiefschwarzen Strichen abstrahiert, und auch auf die Backen hat sie je einen senkrechten tiefschwarzen Strich gezogen.

Neben ihr sitzt ein etwa zwanzig Jahre jüngerer Mann, der

mit ihr vertraut ist und viel gesünder wirkt als sie; es wirkt sogar seine Kleidung sauberer als ihre, obwohl ihre nicht schmutzig ist. Nur ist sie halt so dürr. Ich setze mich den beiden gegenüber, ohne etwas zu sagen. Denn hier gibt es nichts zu sagen; zwar war ich zuerst da, aber darauf zu bestehen, wäre lächerlich. Die beiden würden gar nicht verstehen, wovon ich rede, denn es sind Leute, für die schon das bloße Existieren eine all ihre Kräfte beanspruchende Anstrengung bedeutet.

Der Mann schaut mich lange und regungslos an, ich schaue genauso zurück. Die Frau dreht eine Zigarette aus einem billigen Tabak und zündet sie an. Der Mann holt für die Frau eine Flasche Cola mit Strohhalm aus dem Lokal, in dem er bekannt ist. Er raucht eine zigarilloartige Zigarette. Er schaut mich wieder an. Die Frau, der ich direkt gegenübersitze, schaut mich nicht an. Ich rauche dann auch.

Zur Grablegung schreitet die große Trauergemeinde langsam dem Sarg hinterher. Der Smalltalk ist essentieller Natur; einer berichtet von einem gerade fertiggestellten Aufsatz; eine andere diskutiert die Nützlichkeit bestimmter Impfungen. Schließlich ist der Sarg im Grab angelangt, und wer in dem langen Zug mitlief, muß nun anstehen, um Sand oder Blumen hineinzuwerfen und den Hinterbliebenen zu kondolieren. Ein allgemeines Innehalten. Große Ruhe und spätsommerlicher Mittagssonnenschein.

AM 15. SEPTEMBER aus einem Traum erwacht, an dessen Ende ich die Verfasserin eines absolut radikalen Buches über die Einsamkeit war.

Am Nachmittag K besucht und ihm erzählt, daß ich mir als Betrügerin vorkomme, wenn ich als Dichterin apostrophiert werde. Er sagte, er komme sich genauso vor, wenn er als Philosoph angesprochen wird. Über Kranksein geredet. Nicht zum ersten Mal die Idee gehabt, über Krankheit zu schreiben.

Auf dem Heimweg gedacht, die Einsamkeit als Krankheit zu beschreiben, genauer: über eine Krankheit zu schreiben, die nicht genannt wird, die aber die Einsamkeit ist. Über die Krankheit zu schreiben, welche die Einsamkeit ist, ohne daß sie genannt würde, weil diese Krankheit der unter ihr leidenden Person als ein so großer Makel erscheint, daß es ihr schon einen Schrecken bedeutet, auch nur ihren Namen zu nennen.

PROJEKTIONSFLÄCHEN

In den modernen Kinos hängt kein Vorhang mehr vor der Leinwand, vielmehr ist sie gleich da, wenn man ins Kino kommt, nur noch nicht beleuchtet, nicht belichtet, noch dunkel. Man sieht gleich, worum es geht, ums Projizieren. Es wird etwas projiziert werden, und man muß weiter nichts dazu tun, als einfach dazusitzen und Augen und Ohren offenzuhalten. Man wird seiner selbst enthoben sein vor und in diesem Großen, das gleich auf dieser Fläche zu sehen sein wird. Ein sehr Großes. Mag auch der Film nicht groß sein, so ist es doch immerhin die Leinwand, und es reicht voll und ganz, wenn der Film nicht ganz schlecht ist. Darum sind große Kinos mit großer Leinwand schöner als kleine, denn vor den großen Leinwänden kann man leichter verschwinden.

Am schönsten ist es, wenn das Kino schlecht besucht ist, in den Nachmittagsvorstellungen. Zehn bis zwanzig Personen in einem Raum, der fünfhundert Zuschauern Platz bietet. Locker auf die Sitze verteilt, aber doch alle in derselben Gegend in dem großen Raum, dort, wo man den Kopf gar nicht drehen, sondern einfach nur geradeaus schauen muß. In den modernen Kinos ist das möglich.

Angenehmes Halbdunkel vor dem Film. Am schönsten ist es, wenn keine Musik läuft, und nur das leise Gewisper einiger weniger zu hören ist. Da ist man unter Menschen, ohne ihnen nahe zu sein, weder allein, noch bedrängt. Alle sitzen der Leinwand gerade gegenüber, auf die Projektionsfläche ausgerichtet, alle sitzen in derselben Erwartung da: gleich von etwas, das nicht sie selbst sind, von etwas anderem erfaßt zu werden, von diesem womöglich sogar überwältigt zu werden; alle freuen sich darauf, für die nächsten anderthalb Stunden nicht mit sich beschäftigt zu sein.

VIELES, DAS SCHÖN SEIN KÖNNTE, IST ES NICHT, weil es mit Ausrichtung auf ein Ergebnis betrieben wird. Sport zum Beispiel wird nicht betrieben, weil Bewegung glücklich macht, sondern um abzunehmen (schöner zu sein), schneller zu laufen, zu schwimmen, zu fahren, höher/weiter/tiefer zu springen (besser zu sein) oder um Krankheiten vorzubeugen (länger zu leben). Genau so wurde man in der Jugend an den Sport herangeführt: höher, schneller, weiter. Daß Sport einfach Freude, wenn nicht gar glücklich macht, lernt man später zufällig im Selbststudium (das man natürlich aus einem der oben genannten Gründe aufgenommen hat) und gibt es nur verschämt zu. Aber ich gehe nicht ins Schwimmbad, weil ich schneller schwimmen will als andere, sondern weil mich Schwimmen glücklich macht.

Vielleicht liegt es nur an der Bezeichnung. Wenn es »Bewegung« heißt, tut man es aus Freude, wenn es »Sport« heißt, ist es mit Ehrgeiz verbunden.

Andere Dinge, die einem durch Ergebnisorientierung vergällt werden: Lernen – wenn am Ende eine Prüfung steht; Essen – wenn es dabei nur ums Aussehen oder die Gesundheit geht; Sex – … Hm. Wo kommt das jetzt her?

Womöglich ist die Ergebnisorientierung ja dem Sex abgeschaut. Und womöglich fängt man an, diese Ergebnisorientierung blöd zu finden, wenn man anfängt, Sex nicht mehr so wichtig zu finden.

Oder sie ist einfach kindisch. Kinder haben durchaus und ganz natürlich diesen Willen, der die das Beste zu sein. Kinder sind keine Demokraten. Dafür geriert die infantile Gesellschaft sich superdemokratisch.

FÜR EINEN MOMENT DIE VORSTELLUNG, in einer Epoche der Dekadenz zu leben mit zum Beispiel einer korrupten Klasse der Mächtigen, die einen unproduktiven Mob durch Alimentierung stillhält. Dekadent auch in der lächerlichen Anbetung des Gottes Klimawandel. Der Gott Klimawandel wird als so furchterregend behauptet, daß man der Verhinderung seines Erscheinens jedes Opfer zu bringen bereit ist, daß man glaubt, aus diesem Grunde jedes Opfer fordern zu können, und es auch tut, und sei es noch so irrational (Glühbirnen, Umweltplakette, Biodiesel). Dekadent oder totalitär.

Ich dachte das womöglich nur wegen eines Zeitungsartikels über den SPD-Parteitag, auf dem der dritte vor Eitelkeit und Selbstgefälligkeit fast platzende Parteivorsitzende in Folge eine Rede gehalten hatte, die von den Menschen handelte.

Es wird nämlich in einem fort von den Menschen geredet. Als könne man einen Menschen nicht mehr einfach so erkennen, sondern müsse eigens dazusagen, daß er einer ist. Es gibt in der öffentlichen und immer mehr auch in der privaten Rede keine Personen mehr, die bei einem Unfall zu Schaden kommen, es nimmt nicht mehr die Bevölkerung Anteil an einem Ereignis, es waren nicht viele Leute irgendwo, sondern immer sind es Menschen: Menschen werden verletzt, Menschen nehmen Anteil, Menschen waren da. Außerdem haben die Menschen Fragen und wollen die Menschen Antworten. Wer denn sonst?!

Die Geschichte von Jona endet in der Bibel so:

Darauf sagte der Herr: Dir ist es leid um den Rizinusstrauch,

für den du nicht gearbeitet und den du nicht großgezogen hast. Über Nacht war er da, über Nacht ist er eingegangen. Mir aber sollte es nicht leid sein um Ninive, die große Stadt, in der mehr als hundertzwanzigtausend Menschen leben, die nicht einmal rechts und links unterscheiden können – und außerdem so viel Vieh?
(Jona 4, 10 f., Einheitsübersetzung)

Als müsse man sie immer ausdrücklich vom Vieh unterscheiden, denke ich, wenn ich von den Menschen höre, als könne man sie sonst nicht von jenem unterscheiden.

»Mensch« ist die allgemeinste Bezeichnung für – den Menschen, so unterscheidet man ihn eben vom Tier. Wenn man nun in einem fort von »den Menschen« spricht, nimmt man ihnen alle Eigenschaften, mit denen sie sich untereinander und voneinander, also nicht allein vom Tier unterscheiden, auch alle Eigenschaften, die auf ihren Zivilisationsstatus verweisen, und nicht zuletzt die, die sie sich selbst erarbeitet haben. Und stellt sie damit tatsächlich auf dieselbe Stufe wie das Vieh. Wer von »den Menschen« spricht, achtet sie nicht.

DIE ZUSCHREIBUNGEN DER ANDEREN, die einen zwar sehr lange schon kennen, aber gar nicht so gut. Sie haben sich ein Bild von einem gemacht, und weil sie einen so lange schon kennen, meinen sie, ein Recht darauf zu haben, daß diesem Bild entsprochen werde; deswegen halten sie es einem vor. Es kann auch sein, daß sie sich sehr lange schon an irgendetwas stören; wiederum liegt es an der langen Zeit der Bekanntschaft, daß sie sich berechtigt fühlen, sich darüber zu beschweren. (Solche Leute sind Familienangehörige und solche, die man ähnlich lang kennt.)

Jedesmal, wenn sie erwarten, daß man ihrer Vorstellung entspricht, erzeugt es das Gefühl, unverstanden zu sein, manchmal auch das, mißachtet zu werden. Am Ende fallen Unverständnis und Mißachtung in eins, denn wenn einem Leute, die einen sehr lange kennen und es besser wissen könnten, etwas zuschreiben, in dem man sich nicht wiedererkennt, einem also tatsächlich etwas unterstellen, dann ist das eine Mißachtung, und zwar eine permanente.

Womöglich bestehen Beziehungen überhaupt nur aus Vorstellungen vom anderen. Je näher das vom anderen Vorgestellte dem Selbstbild ist, um so besser ist die Beziehung. Wenigstens um so enger. Je ferner es dem Selbstbild ist, um so eher handelt es sich um Unterstellungen. Eigentlich handelt es sich in jedem Fall um Unterstellungen. Freundlich ist es, dem anderen weder vorzuhalten, daß er diesen nicht entspricht, noch ihm bei jeder Gelegenheit mitzuteilen, was man ihm unterstellt. Geliebt darf man sich fühlen, wenn die Unterstellungen so sind, daß man sich darin wiedererkennt, oder so, daß man ihnen gerne entspricht. Wahrhaft geliebt, wenn das Verhältnis zum anderen ohne Unterstellungen funktioniert, wenn man hingenommen wird, wie man ist.


Mit der Zeit ändert sich das Verhältnis zur Sexualität, es ist wirklich alles genau so, wie es einem immer erzählt wird. »Solche Dinge« sind irgendwann gar nicht mehr wesentlich. Wenn kein Sex stattfindet, erinnert man sich manchmal daran, daß es ihn gibt, aber ohne zu verzweifeln; manchmal fände man es auch ganz schön, wenn er mal wieder stattfände, aber das ist dann nur so ein vorübergehender Gedanke während des Autofahrens und von etwa derselben Wertigkeit wie der, schon lange keine Pizza mehr gegessen zu haben. Man weiß, daß es das gibt im Leben, kann nicht ausschließen, daß es noch einmal vorkommen wird, aber es ist ziemlich egal. Schlimmer als kein Sex ist keine Liebe.

FEHLLEISTUNGEN. Weil ich mich über die Anzeige am Bahnhof wundere, mein Zug führe um 15:13 Uhr ab, schaue ich in meinen Kalender und lese dort, daß der Zug um 15:18 Uhr abfährt. Am Morgen hatte ich dort gelesen, er fahre um 15:29 Uhr ab. Jetzt schaue ich noch einmal hin und her und sehe, daß in meinem Kalender korrekt steht, daß er um 15:13 Uhr abfährt.

Bei anderer Gelegenheit schreibe ich mir etwas Falsches in meinen Kalender; ich bin eingeladen und finde das Haus nicht, weil ich mir die Hausnummer falsch von der Einladung abgeschrieben habe.

KEINE NEUEN GESICHTER MEHR. Alle schon einmal gesehen. So viele Leute, die einem Typ zugeordnet werden und nichts dafür können, daß sie jemandem ähnlich sehen, den man vor dreißig Jahren in der Schule nicht leiden konnte.

IM REGIONALEXPRESS VON WÜRZBURG NACH SCHWEINFURT sitzt eine sehr junge Mutter mit ihrem etwa dreijährigen Sohn. Der besitzt einen eigenen kleinen Computer und muß sich darauf einen kreischenden Zeichentrickfilm anschauen, denn zu eben diesem Zwecke hat seine Mutter ihm diesen Computer hingestellt. Weil die Sonne blendet, deckt die Mutter ihre Jeansjacke über Sohn und Computer. Nun sitzt der Sohn, dieses ganz kleine Kind, in einer Höhle und ist komplett abgeschottet von der Welt. Nur die künstlich kreischenden Stimmen dringen hinaus. Dieser Plastiklärm stört die Mutter nicht; sie liest friedlich in einer Zeitschrift einen Artikel mit der Überschrift »Die ewigen Naturgesetze der Dummheit«. In diesem ist vermutlich nicht von Max Horkheimers kleinem Aufsatz »Zur Genese der Dummheit« die Rede, der davon handelt, wie Dummheit erzeugt wird, indem jegliche Neugier sofort zurückgewiesen wird. Denn das ist kein Naturgesetz, sondern ein soziales, welches diese Mutter treu befolgt.

Ich sitze auf der anderen Seite des Gangs, und mir geht das Gekreisch von unter der Jeansjacke auf die Nerven, weswegen ich den Versuch zu lesen aufgebe und statt dessen aufschreibe, was sich hier gerade ereignet. Es ist dies ein Akt der Notwehr. Das nun nicht gelesene Buch liegt derweil auf dem Tisch, und als ich mit dem Aufschreiben fertig bin, fragt mich der junge Mann, der mir gegenübersitzt, eine Sonnenbrille trägt und sich noch kein einziges Mal bewegt hat, seit ich das Abteil betreten habe, weswegen ich ihn für einen typisch unterfränkischen Stiesel hielt, nach dem Titel des Buches. Ich lege es ihm hin, und er sagt, daß es in »Abende auf dem Weiler bei Dikanka« von Nikolaj Gogol viel um den Teufel gehe. Er habe das in der Schule gelesen. Er stamme aus Usbekistan, sei aber Russe. Er zählt mir weitere Meisterwerke der russischen Literatur auf, wobei er betont, daß die alle vor der Sowjetzeit geschrieben wurden. »Anna Karenina« könne man kaum lesen, sagt er, da sei zuviel Gefühl drin. Dostojewski, sagt er, habe einfach Seite um Seite seine Melancholie niedergeschrieben. Flaubert, denke ich, hätte diese Bemerkungen sofort in sein Wörterbuch der Gemeinplätze aufgenommen. Der usbekische Russe beendet seine Auflistung russischer Literatur, als ich darauf hinweise, daß »Drei Schwestern« kein Roman von Turgenjew, sondern ein Theaterstück von Tschechow ist. Dann frage ich nach seinem Beruf (er ist Architekt, arbeitet aber als Technischer Zeichner) und mache ihm ein Kompliment für sein gutes Deutsch, worauf er antwortet, nach zwölf Jahren Aufenthalt in Deutschland sei das ja wohl normal.

Zwei Tage später warte ich vor der Bahnhofstoilette in Fulda auf meine Mutter. Es kommen zwei Russen heraus, was mir auffällt, weil mir jetzt alles Russische auffällt. Der eine spricht mich gleich an, ich glaube, er fragt, ob ich Russin sei;

das heißt, ihm ist aufgefallen, daß er mir aufgefallen ist. Leider kann ich nur auf deutsch antworten; sofort wendet er sich ab. Mir gefällt die soziale Umsicht; mir gefällt auch der harte Pragmatismus. Im Zug lese ich drei Stunden lang das nächste Buch von Gogol, »Mirgorod«. Keine weiteren Russen.

DER IM NACHHINEIN UNFASSBARE HOCHMUT DER JUGEND, der seinen einzigen Grund daraus bezieht, noch keine Falten im Gesicht zu haben. Mit diesem im nachhinein unfaßbaren Hochmut blickte ich als junge Frau, und viele andere taten es genauso, wie ich aus Gesprächen mit Gleichaltrigen weiß, Frauen wie Männern, mit diesem unfaßbaren Hochmut blickte ich als junge Frau die Leute an, die älter waren als ich. Es erschien mir unbegreiflich, daß Leute, die an die dreißig Jahre alt waren (oder sogar noch älter!), glaubten, noch Sexualpartner finden zu können, und ich fand es ungeheuerlich, daß über Vierzigjährige sich aus anderen Gründen als zum Arbeiten oder Einkaufen überhaupt auf die Straße wagten. Also, daß man solchen alten Leuten zum Beispiel an Vergnügungsstätten begegnen konnte, als hätten sie ein Recht, sich an solchen Orten aufzuhalten. Ich hingegen fühlte mich immer im Recht, mit allem, denn ich hatte keine Falten.

ALS UNFÖRMIGER LEUCHTENDER KLUMPEN hängt der halbvolle oder halbleere Mond hinter den gestaffelten Baumkronen vor meinem Fenster tief in der Nacht, und ich muß genau aufpassen, um ihn nicht gleich wieder aus dem Blick zu verlieren, denn er versinkt so schnell im Blattwerk, wie die Erde sich dreht. So schnell nämlich dreht sich die Erde, daß der Mond, kaum hat man ihn erblickt, schon wieder hinter irgendetwas oder dem Horizont verschwunden ist. Und dabei wechselt er auch ständig die Farbe, von Neonweiß bis Kupferrot, und manchmal ist er messinggolden, der liebe Mond.

NICHT AUFS ENDE HINDENKEN, weil das immer heißt, ans Ende zu denken, sondern an den Vorgang denken, hineindenken, sich hineindenken, sich in etwas hineindenken. Sich in die Mitte begeben, in gewisser Weise, so wie man in der Mitte des Lebens eben auch inmitten von allem ist.

WIE ÜBLICH, begann ich auf dem Fahrrad zu singen, kaum daß ich die ersten Meter zurückgelegt hatte, und automatisch begann ich mit »All My Loving« von den Beatles, weil ich das, seit etwa zehn Jahren, bei solchen Gelegenheiten immer sang, ohne daß ich gewußt hätte, warum. Seit einiger Zeit versuchte ich es mir abzugewöhnen, doch es gelang mir nicht. Als Ersatz hatte ich nämlich das Ende von »Am Brunnen vor dem Tore« gewählt: »ich mußt' auch heute wandern, / vorbei in tiefer Nacht, / da hab' ich noch im Dunkeln / die Augen zugemacht«. Ich konnte den Text zwischen dem Anfang des Liedes und dieser Stelle nur bruchstückhaft, aber es war klar, daß er zu traurig war für das Fahrradsingen, welches zum Fahrradfahren dazugehört; die meisten tun es. Bei schönem Wetter bewegt man sich draußen in Strömen von Menschenmelodien, wie gestreichelt von der Fröhlichkeit der auf Rädern Vorübergleitenden.

SPÄTER NACHMITTAG. Drei Stockwerke hoch in den Bäumen sitzen, die sich draußen hintereinander staffeln. Von der Straße nichts zu sehen, vom Verkehr nicht, von anderen Häusern nicht. Drei Stockwerke hoch im Nest sitzen, mitten in der Stadt.

AN DEN RÄNDERN DES JOURNALISMUS. Mittags in der S-Bahn lese ich beim Blick in die Zeitschrift des jungen Nebenmannes: »In Drehgebern sind Wälzlager bewegende Schlüsselkomponenten«. Es handelt sich bei diesem Satz um eine Überschrift im Sonderteil »Drehgeber« der aktuellen Nummer der Zeitschrift »Konstruktion«. – »Der Kauf eines Saugbaggers ist Vertrauenssache«, pflegte mein Vater beim Vorbeifahren an einem bestimmten Baggersee-Ensemble zu sagen; er hatte diesen Satz einmal in einer Werbung für Saugbagger gelesen. – In einer vermutlich kostenlosen, womöglich nur im Internet zu lesenden Zeitung werde ich im Rahmen einer Aufzählung mehrerer Autoren als »Würzburger Publizistin« bezeichnet. Bei den anderen wird auch jeweils der Geburtsort genannt, obwohl auch sie alle nicht mehr dort leben; und obwohl wir alle denselben Beruf haben und alle dasselbe tun werden, nämlich aus unserem neuesten Buch vorlesen, werden wir alle gesondert bezeichnet, die Kollegen sind also »Grafiker und Autor«, »Maler und Schriftsteller«, »Lyriker und Essayist«, stammen von wo und sind wohin gezogen, als wären das die entscheidenden Merkmale ihres Lebens. Ich bin eben eine »Würzburger Publizistin«. Deutlich kann man erkennen, daß die Autorin des Artikels die Pressemeldung nicht einfach abgeschrieben, sondern bearbeitet hat. Doch hat sie nicht erkannt, daß sie sich in einer anderen Situation befindet als ihre armen Kollegen von der Zeitschrift »Konstruktion«, die sich eine Überschrift zu einem Text über ein außerordentlich sachliches Thema ausdenken mußten. Als seien Autoren genauso uniform wie Wälzlager, so daß man sich etwas aus den Fingern saugen, aus dem Hirn baggern muß, um sie wenigstens ein bißchen interessant erscheinen zu lassen. Und weil das schon falsch gedacht ist, verwundert es nicht, daß diese Scheinjournalistin genauso unbeholfen ist, wie es vor etwa vierzig Jahren die Leute von der Werbeagentur waren, die nicht wußten, daß, bedenkt man es recht, eigentlich jeder Kauf Vertrauenssache ist, auch der eines Kaugummis.

Die Bänke auf dem Bahnsteig 7 (tief) des Berliner Hauptbahnhofs sind gut besetzt. Eine Frau aus der Provinz schreitet den Bahnsteig entlang. Sie ist über fünfzig Jahre alt, trägt ihre mittelbraunen Haare im unkleidsamen Topfschnitt und darunter eine Brille mit breitem Goldrand. Die Augen hinter den Gläsern sind voller Entsetzen und zugleich voller Verachtung. Der Mund ist fest geschlossen. Mit geschärftem Mißtrauen schreitet diese Frau einher und schaut jeden einzelnen, der sich auf diesem Bahnsteig aufhält, genau an. Darum denke ich, daß sie aus der Provinz kommt: weil sie die Leute anstarrt, als seien sie Exponate in einem Museum. Jeder einzelne wird einer genauen Prüfung unterzogen, keiner besteht sie.

DER UNGEMÜTLICHE MORGEN IN DER KLEINSTADT macht, beim Vorüberfahren vom Zugfenster aus betrachtet, ein sehr heimeliges Gefühl; gerade weil er so ungemütlich ist. Es fahren dort Handwerker mit ihren Kleinbussen oder Kleintransportern zu kleinen Baustellen. Es wird vielleicht nur eine Wohnung renoviert, eher nur ein Zimmer in einer Wohnung oder eine Küche oder ein Bad, nichts Großes, aber es werden unterschiedliche Gewerke benötigt, und weil entweder alles nicht so klappt, wie geplant, oder sowieso gemeinsam gearbeitet werden muß, begegnen sie sich dann, und es stehen Kleinbus und Kleintransporter vor dem Haus. Es stellt sich pragmatische Geborgenheit ein oder Geborgenheit in den pragmatischen kleinen Arbeiten. Auch wenn es kühl und regnerisch ist und beim Aufstehen noch nicht hell, wird gearbeitet. Andere als man selbst haben sich noch viel früher überwunden, das Bett zu verlassen, bzw. sind das welche, für die sich die Frage, ob man wirklich aufstehen soll, gar nicht stellt, die machen das einfach. Wie sie später den Boden fliesen oder die Wände streichen oder Elektrokabel verlegen oder Rohre aneinanderflanschen. Das machen die einfach, man muß ihnen nur sagen, wo sie hinkommen sollen.

Die unangenehmste der vielen Formen von Lärmbelästigung in den Fahrzeugen des öffentlichen Personennahverkehrs (ÖPNV, aber es geschieht auch in Fernzügen), besteht aus dem Musikrest, der aus den Ohrstöpseln der zahllosen verstöpselten jungen Menschen dringt, welche die Wirklichkeit nicht ertragen können, sondern sie in jedem gegebenen Moment mit einem Soundtrack abpuffern müssen. Die Wirklichkeit nämlich ist unspektakulär, wenigstens in den öffentlichen Verkehrsmitteln. Es wäre zu fragen, ob das wirklich wahr ist, aber egal. Wer sich für die Wirklichkeit so wenig interessiert, daß er sie von vornherein wegschaltet, für den ist sie auf jeden Fall uninteressant.

Wer sich unverstöpselt im ÖPNV bewegt, hört einen Rest von Musik; mal sind es hohe Töne, mal Baßlinien wie aus Gummi. Es ist dieser Musikrest ein breiiges Klirren oder ein klirrender Brei, es vereinigen sich hier zwei ansonsten unvereinbare Zustände, Dinge, Gegebenheiten, eben Klirren und Brei. Dieses Geräusch entsteht dadurch, daß Menschenhirne als Dämpfer für laute Pop- oder Rockmusik dienen. Die Ohren dienen als Trichter, durch die diese Musik in einem dünnen Strahl in diese Hirne hineingeblasen wird, und insgesamt dient dieser Vorgang dazu, die Verstöpselten immer weiter abzustumpfen und dabei dümmer und dümmer, weil stumpfer und stumpfer, und immer noch dümmer zu machen, und bei diesem Prozeß nicht Zeuge sein zu wollen, ist einer der Gründe, warum ich den öffentlichen Personennahverkehr meide, so gut es geht.

Jetzt ist der Mond ganz voll; es ist eine kalte Nacht. Fahlweiß ausgefüllt mit Kälte die Straßenschluchten. Das fahle Licht auf den Häusern wirkt geradezu lächerlich; es ist so hell und so kalt für die Augen, wie die Luft kalt für die Haut ist.

Es ist einfach eine ungewöhnlich helle Mondnacht, aber sie sieht aus wie die amerikanische Nacht im Film, daher das Lächerliche: daß die Natur sich den Kunstprodukten anzupassen scheint – daß mir die Kunstprodukte vertrauter sind als die Natur.


WEITERHIN UNTERWEGS

Eine der Zugbegleiterinnen im ICE, um die vierzig, trägt über ihrer dunkelblauen Uniform die auberginenfarbenen langen Haare offen. Sie verbreitet ein anstrengungsloses Selbstbewußtsein, wahrscheinlich ist sie mit ihrem Leben und ihrer Arbeit zufrieden. In der Haarfarbe hat sie sich vergriffen, auch in der Frisur; das ist genau der kleine Makel, der sie zu einer angenehmen Person macht.

Hinter Ludwigshafen gehen auf einem Feldweg zwei Männer mit einem kleinen fetten Hund mit langem Fell spazieren; der Hund wackelt auf eine solche Weise beim Gehen, daß ich ihn zuerst für ein längliches Huhn hielt.

Hinter Kaiserslautern sitzt ein junger Mann alleine in einem steinernen Wartehäuschen an den Gleisen.

In Köln sind am Maschendrahtgeländer der Fußgängerbrücke über den Rhein, die neben den Gleisen entlangführt, sehr viele Vorhängeschlösser angebracht. Das läßt auf viele Russen in der hiesigen Bevölkerung schließen, denn russischer Brauch gebietet es, bei der Hochzeit ein Vorhängeschloß an einem Ufer anzubringen, es abzuschließen und den Schlüssel ins Wasser zu werfen. Wie das Schloß nicht mehr geöffnet werden kann, so werden auch die nun offiziell miteinander Verbundenen nicht mehr voneinander zu lösen sein.

In Dortmund steht auf Plakaten im Imbißlokal: »Happy Happy Ding Dong« (offenbar eine Kneipe, Hohe Straße 88), »Shout out Louds« (womöglich eine Band) und »Hot Hot Heat / The Unwinding Hours / Beat! Beat! Beat!«

Der Imbißwirt ist Inder.

In Zeitungsschnipseln an der Wand
wird sein Lokal
schwer gelobt,
und mir
gefällt's in Dortmund sehr sehr gut.

Die Kindheit ist ein anderes Land. Man erzählt aus seiner Kindheit wie von einem sehr fernen Land, in dem man einmal gelebt hat. Zu diesem Land gibt es keine Verbindung außer der Erinnerung, denn es liegt auf einem anderen Kontinent. Vielleicht sogar auf einem anderen Stern. Die Pubertät ist ähnlich, aber die grenzt schon an das Land an, in dem man jetzt lebt, das Land der Erwachsenen.

Es gibt Leute, die den Grenzübertritt nicht schaffen und auch in fortgeschrittenem Alter noch im Land der Pubertät leben; davon gibt es gar nicht so wenige. Man möchte nichts mit ihnen zu tun haben. Leute, die im Land der Kindheit geblieben sind, gibt es vermutlich auch, aber denen begegnet man nur, wenn man mit ihren Eltern befreundet ist.

Eine sehr interessante Fehlermeldung im Netz: »Die Website ist zu beschäftigt, um die Webseite anzeigen zu können. (HTTP 408/HTTP 409)«. Sehr interessant ist diese Meldung, weil einem immer wieder Leute begegnen, die so beschäftigt damit sind, über ihre viele Arbeit zu klagen, daß sie nicht dazu kommen, ihre Arbeit zu machen. Klagten sie weniger, würden sie sie leicht schaffen, könnten aber nicht mehr darüber klagen, daß sie vollkommen überarbeitet sind, weil sie es dann womöglich gar nicht mehr wären.

Voller Zärtlichkeit das Glas halten, sehr vorsichtig, um ihm nicht wehzutun und auch den kleinsten Tropfen nicht zu verschütten, keinen Tropfen des nicht unbedingt kostbaren, auf jeden Fall aber alkoholhaltigen Weines. Die Finger sind nicht um das Glas gebogen, dabei könnten sie zuviel Druck ausüben und das Glas womöglich zerdrücken und zersplittern lassen und seinen Inhalt verschütten, oh weh! Darum stehen die Finger gerade um das Glas herum, sie halten es nicht, sie stützen es.

Diese aus großer Liebe geborene Zärtlichkeit zeichnet den weintrinkenden Säufer aus. An seiner behutsamen Zärtlichkeit kann man ihn sicher erkennen. Er unterhält eine Liebesbeziehung mit dem Zeug in seinem Glas, mit sonst nichts. Dem Zeug in seinem Glas gilt seine ganze Liebe. Auf das Zeug in seinem Glas hat er acht, daß ihm nichts davon verlorengehe. Mit großer Sorgfalt stellt er sein Glas ab, wenn es sein muß, weil er etwas anderes tun muß, zum Beispiel einen Vortrag halten; sehr genau achtet er darauf, daß es nicht fallen und es auch kein anderer umstoßen oder gar wegnehmen kann.

Wenig ist widerlicher, als so einem Weinsäufer beim Umgang mit seinem Weinsaufzeug zuzusehen. Diese Umsicht, diese Sorgfalt, diese grenzenlose Zärtlichkeit, diese große Liebe – all das könnte man auch Menschen angedeihen lassen. Aber den Säufer interessiert sein Saufzeug nun einmal unvergleichlich viel mehr, als ihn ein Mensch je interessieren könnte.

VON DER PLATANE VOR DEM FENSTER sind alle braunen Blätter abgefallen, doch sind einige grüne Blätter übriggeblieben. Die hängen jeweils am Ende der äußersten Zweige, als wollten sie den Umriß des Baumes markieren.

FLUGHAFEN TEGEL, GATE 74, 8:30 UHR. Vor dem Ausgang zum Flugzeug nach Brüssel steht eine Gruppe von etwa zwanzig Personen, fast ausschließlich Männer in formeller Kleidung. Das Boarding hätte schon vor einer Viertelstunde beginnen sollen. Die Leute stehen dichtgedrängt wie auf einer kleinen Insel oder einem Rettungsfloß. Sie warten. Es wird nicht gesprochen. Am Schalter ihnen gegenüber stehen eine Dame in Stewardessen-Uniform und ein Sicherheitsbeamter, der eine Absperrung anbringt, wodurch die Gruppe nun deutlich umgrenzt und dadurch eindeutig gebildet ist.

Wie das Volk kurz vor dem Moment der Revolte vor dem Palast zusammensteht, noch ungewiß, was es tun wird, so stehen diese Leute da.

Dann wird endlich das Gate geöffnet, und die Gruppe verflüssigt sich. Sie schwillt sofort auf ein Vielfaches an und wird zum Menschenstrom. Ein Aufstand findet nicht statt, vielmehr schreitet man zügig zum Flugzeug.


BABYS LÄCHELN GESICHTER AN, nicht nur vertraute, sondern alle. Denn Babys sind darauf angewiesen, daß man nett zu ihnen ist. Erwachsene sind es nicht unbedingt; nicht auf diese existentielle Weise. Vielmehr zeigen Erwachsene durch ihr Lächeln die Bereitschaft an, selbst nett zu sein, und die Hoffnung, daß die anderen es auch sein werden. Sie zeigen an, daß sie sich mit den anderen verbunden fühlen – weil die auch Menschen sind. Schlimm sind darum die Leute, und von denen gibt es viele, die sich das Lächeln abtrainiert haben. Indem sie sich weigern, die anderen, den anderen als Menschen zu erkennen, verstehen sie sich eigentlich selbst nicht mehr als Menschen. Sie sind nur Menschenattrappen. Und von denen gibt es viele, und vermutlich sind sie es, die gemeint sind, wenn von »den Menschen« die Rede ist.

Das fällt mir im Flugzeug auf, das vollgestopft ist mit Körpern, auf die solche versteinerten Gesichter aufgeschraubt sind. Gelächelt wird nur von den Stewardessen, und bei denen wiederum gehört es zum Beruf. Also Versteinerung oder Dienstleistungslächeln, keine genuin menschliche Regung, nur von technischem Gerät umgebene Körper.

Ich kenne mich schon ganz gut. Es wäre mir lieb, mehr kennenzulernen als mich allein, mich nicht allein mit mir beschäftigen zu müssen. Mich mit anderem zu beschäftigen, das würde ich gerne können. Gerne ginge ich in die Welt hinaus.

Latein hilft immer, wenn es um Sprache geht, und auch beim Russischlernen; mir scheint die Konjugation an die lateinische angelehnt. Amo, amas, amat, amamus, amatis, amant: я думаю, ты думаешь, он, она, оно думает, мы думаем, вы думаете, они думают (ja dumaju, ty dumaesch', on, ona, ono dumaet, my dumaem, vy dumaete, oni dumajut – wissenschaftliche Transkription!). Und auch, daß restlos alles dekliniert wird, kenne ich aus dem Lateinunterricht. Latein hat allerdings den Vorteil, daß man es nicht sprechen muß und sich beim Lesen und Schreiben in aller Ruhe überlegen kann, wie die Wörter wohl zusammenhängen, was genauso wie etwas anderes dekliniert ist usw.

Im Lateinunterricht haben wir am Wort »amare – lieben« als erste die a-Konjugation gelernt, im Russischunterricht lernen wir als erste die e-Konjugation am Wort думать (dumat') – denken«.

Ein ganz junges, noch undefiniertes Gesicht. Ein Gesicht, an dem noch gearbeitet werden muß, von dem der Meister, der Künstler, der Schöpfer erst die Vorform aus Ton oder Knetmasse geschaffen hat. Ein Gesicht, das noch zu weich ist; und wenn es ein weiches Gesicht werden soll, dann ist das Weiche noch zu flau. Noch ist dieses Gesicht nicht schön. Daran verstehe ich, was »vollkommen« bedeutet: schön wäre etwas, das ganz ausgearbeitet wurde, an dem nichts mehr fehlt und auch nichts mehr übersteht, an dem die Gußkanten sauber abgeschliffen und poliert wurden.

Mit dem Altern werden die Gesichter oft wieder weich; sie

verlieren an Schönheit, weil sie in den Vor-, den Erstzustand zurückfallen. Gesichter, die im Altern kantig werden, sind zu bevorzugen.

Es ist ein Mann aufgetaucht, der meine Begehrlichkeit weckt, und plötzlich scheint mir, daß es doch möglich wäre, mit einem Mann zusammenzusein, weil es plötzlich einen gibt, der mir dafür wie geschaffen scheint. Ob es so sein wird, muß sich erst weisen, aber das erste, was geschieht, ist, daß ich mich plötzlich selbst begehrenswert finde. All die unschöne Selbstwahrnehmung der letzten Monate ist wie weggeblasen, und ich wüßte nicht, auf wen einer scharf sein sollte, wenn nicht auf mich.

| | Maskulinum | Femininum | Neutrum |
|---|---|---|---|
| Nominativ | мой брат | моя сестра | моё место |
| Genitiv | моего брата | моей сестры | моего места |
| Dativ | моему брату | моей сестре | моему месту |
| Akkusativ | моего брата | мою сестру | моё место |
| Instrumental | моим братом | моей сестрой | моим местом |
| Präpositiv | моём брате | моей сестре | моём месте |

| | ich | du | er, es | sie | wir | ihr | sie |
|---|---|---|---|---|---|---|---|
| Nominativ | я | ты | он, оно | она | мы | вы | они |
| Genitiv | меня | тебя | (н)его | (н)её | нас | вас | (н)их |
| Dativ | мне | тебе | (н)ему | (н)ей | нам | вам | (н)им |
| Akkusativ | меня | тебя | (н)его | (н)её | нас | вас | (н)их |
| Instrumental | мной | тобой | (н)им | (н)ей | нами | вами | ими |
| Präpositiv (о) | обо мне | о тебе | о нём | о ней | о нас | о вас | о них |

Das Schlimme an Hotels: Fremden beim Frühstücken zusehen zu müssen, von Fremden beim Frühstücken gesehen zu werden.

In der Fernsehwerbung für »Computer-BILD« wird vom neuen »Perso« gesprochen. Damit wird in dieser Werbung der Personalausweis bezeichnet, und es ist gleich deutlich, an wen sich diese Werbung richtet: an Leute, die es normal finden, »Perso« zu sagen. Die sich nicht scheuen, ein häßliches Wort zu gebrauchen. Es wohnt solchen Abkürzungen eine gewisse Aggressivität inne, die des Muckertums.

Im Großabteil sitzt ein Dauerquatscher hinter mir, ein älterer Mann. Ich verstöpsele meine Ohren und bin erleichtert, als er aussteigt. Sofort ziehe ich die Stöpsel aus den Ohren. Doch steigt nun eine Kleingruppe ein und setzt sich auf die hinter mir freigewordenen Plätze. Vier Personen packen ihre Brote aus und unterhalten sich beim Essen. Ich stöpsele meine Ohren wieder zu und verstehe plötzlich, warum sich so viele Leute in der Öffentlichkeit habituell Musikstöpsel in die Ohren stecken: weil sie das Gerede der anderen nicht ertragen, das Gequassel, das Gelaber, die endlose Sprachabsonderung.

MÄNNER MIT GROSSEN TASCHEN sind immer für eine Überraschung gut, weil es immer etwas gibt, das sie aus ihren großen Taschen herausziehen. Oft ist es ein Geschenk, ein Buch, eine CD, und wenn kein Geschenk, dann wenigstens eine unverhoffte Leihgabe. Manchmal zeigen sie einem auch etwas, ihr riesengroßes Notizbuch etwa oder die Vinylschallplatte, die sie gerade erworben haben. Es ist auch schön, Männern mit großen Taschen Geschenke zu machen. Nie bringt sie das in Verlegenheit, nie sehen sie damit dämlich aus, weil sie nicht wissen, wohin damit, vielmehr können sie es immer sofort in ihren großen Taschen verstauen.

INCOMMUNICADO I. Vor der belarussischen Botschaft in Berlin wird gegen die mit den brutalen Methoden der Tyrannei erfolgende Zerschlagung der belarussischen Opposition nach der Präsidentschaftswahl protestiert. Eine Frau kommt mit ihrem Hund vorbei und fragt die Protestierenden, warum sie hier stünden. Es wird ihr erklärt. Darauf sagt die Frau, für sie gebe es keine Grenzen.

INCOMMUNICADO II. »Ich war gegen die Entsendung deutscher Truppen ins Kosovo«, sagt die Tischgenossin, »ich bin gegen Auslandseinsätze der Bundeswehr.« – »Warum?«, frage ich. – »Ich bin auch gegen die Todesstrafe«, antwortet sie. Dann erläutert sie, warum sie gegen die Todesstrafe ist. Nach jedem einzelnen Satz macht sie einen hörbaren Punkt, denn jeden Satz entbirgt sie einzeln ihrem Vorrat an Gemeinplätzen und präsentiert ihn mir und den weiteren Tischgenossen wie eine Kostbarkeit. Ich bin dankbar, etwas so Schönes erleben zu dürfen.

IM KAUFHAUS SITZE ICH IN DER PARFÜMERIEABTEILUNG vor einer Luxuskosmetikverkäuferin, die mir den teuren Lippenstift auf die Lippen pinselt, um mir den Kauf zu versüßen. Sie sagt, die Farbe passe gut zu meinen grünen Augen. Es erstaunt mich, daß sie meine Augen grün nennt, weil mich das daran erinnert, daß ich selbst fast dreißig Jahre alt geworden war, bevor ich bemerkte, daß meine Augen gar nicht braun sind, sondern irgendwie grünlich. Kurz darauf habe ich den einst Geliebten kennengelernt. Als wir am Morgen nach der ersten Nacht in die Stadt fuhren, saß er mir in der S-Bahn gegenüber und schaute mich begeistert an. Dann sagte er: »In deinen Augen ist auch was Grünes«, und vielleicht habe ich mich da in ihn verliebt. Weil er sofort bemerkte, wofür ich selbst so lange gebraucht hatte, und das aus über einem Meter Entfernung.

Er hat mich gleich erkannt. (Er hat mich auf den ersten Blick durchschaut.)

AM SPÄTNACHMITTÄGLICHEN HIMMEL, von dem die Sonne sich schon verabschiedet hat, der aus großen, klar begrenzten Flächen in verschiedenen Grautönen besteht, blitzt plötzlich ein kleiner Streifen auf, wie eine Nadel, und verlängert sich, ein Kondensstreifen, den die Sonne von hinter dem Horizont her beleuchtet. Schnell ist er wieder fort, dafür gibt es einen neuen. Auch der ist aus dem Nichts aufgetaucht und verlängert sich gen Westen. Als wolle er die Richtung zum Licht weisen; sobald deutlich ist, wo die Sonne unterging, verschwindet er hinter einer dunkelgrauen Fläche.